スロー・アンド・ステディー

Slow and Steady

秋山茂樹

Shigeki Akiyama

ぽつりぽつり　～序に代えて～

著名な数学者で評論家の森毅《つよし》氏は、人生二十年説を唱えておられる。人生八十年と言われる現在、ひとつの考え方で生きるには長すぎる。当面二十年ぐらいをひとつの人生と思って、その人生を輝かせるようにすべきだというのである。八十歳までなら、四回の違う人生を生きられる。その説に従えば、今年（平成二十年）還暦を迎え、来春には長年お世話になった滋賀県庁を退職する私は、程なく第四の人生に足を踏み入れることになる。

今から二十年前、すなわち第二の人生を終えるに当たって、私は『わが青春のエチュード』なる小著を産み落とした。それは、純な精神に満ちあふれていた第一の人生（青春期）にしたためた創作や詩の習作を束ねたもので、私の分身のようなものであった。

その小著に私は、前半生に封印を押し、気持を新たにして後半生に力強い一歩を踏み出したいという思いを込めた。そして、はしがきの末尾に大胆にも、「とりあえず次の照準を五年後に合わせて、今度は現在の僕の思いなり感想なりを拙文にまとめてみたい」と、宣言ともとれる一文を書き添えた。

実はその前から、私は仕事の傍ら、ぽつりぽつりエッセイというより雑文を書き始めていた。文字どおりぽつりぽつりというペースで、五年が経過してもとても一冊の本にできるような分量にはならず、宣言はあえなく撤回する羽目になってしまった。しかし、いつの日か第二弾の本を出したいという思いだけは、ずっと持ち続けていた。

今、人生の第四コーナーに差しかかってみると、これまでぽつりぽつりとはいえ書き継いできた雑文がある程度たまってきていた。退職という人生の節目を一つの区切りとして、森毅流に言えば第三の人生の幕引きを機に、その中から硬軟取り混ぜて三十九編を選び、さらにここ十年ほど前から作り始めた拙い短歌を加えて、思い切って一冊の本を編むことにした。そういうことで生まれたこの本は、ささやかながら私の初めてのエッセイ集であるとともに、処女歌集である。

エッセイは、執筆時期に二十五年ほどの時間差があるので、今の時代にはそぐわないと思われる個所も見受けられるが、その時々の感じ方ということで、あえて修正はしなかった。ボリューム的には、私が愛好してやまない囲碁に関する文章が多くなってしまった感があるが、これも愛敬と思っている。

短歌については、六、七年前から主に朝日新聞の滋賀歌壇欄への投稿を始め、ぽつりぽつり選歌されるようになった。そのうち、県職員の中にも何人か投稿仲間や短歌好きがいることが分かり、その連中がたまに顔を合わせて、年齢差や性別に関係なく酒を酌み交わしながら駄弁《だべ》る場が生まれてきた。ちっぽけな同人誌に手を染めていた学生時代以来、絶えて久しかった文学を語り合う仲間が職場の中でできたのは、何ともうれしいことである。

私の著書はこれで終わりというのではなく、第二、第三のエッセイ集、歌集を出すという夢を持ちつつ、ゆっくりとしかし着実に、人生の次のステージへと歩を進めていきたい。

目　次

Ⅱ　短歌の部屋　―歌集『浅葱色の風』―

I　エッセイの部屋

北米大陸六千キロ

しめて六千キロメートル。これは、シカゴ・オヘア空港に到着して以来シアトル・タコマ空港を発つまで、十一月末から二週間にわたって同じ環境室の横山主査とのコンビで、北米大陸を駆け抜けた距離の総延長である。

飛行機に乗ること十回。日本人の悲しき習性を断固踏襲した、あわただしくも貪婪《どんらん》な海外研修であった。

海外旅行と名の付くものは全く初体験で、しかもこれだけ頻繁に飛行機に乗ると、英語力の乏しい我々であってみれば、当然の帰結として少なからず失敗談を生むことになる。今後ますます海外へ出る機会は増加するであろうから、その時のために、何かのお役に立つことを願って二、三紹介してみたい。

＊　＊　＊

飛行機のアナウンスというものは、非常に聞き取りにくいものである。一対一の会話なら、こちらの英語力の程度に合わせてやさしく言ってくれたり、聞き返したりもできるが、アナウンスはそれができない。全く一方通行である。

日本の国鉄のアナウンスがどこへ行ってもよく似た調子で語られるのと同じように、英語の機内アナウンスにも独特のパターンがあるらしい。どの飛行機に乗っても、同じように早口で、しかも同じようなリズムで聞こえてくるのだ。

そんなわけでアナウンスの内容がほとんど理解できないから(何回も乗っているうちに少しは聞き取れるようになったが)、空港へ降り立ってから苦労することになる。

アメリカ大陸へ第一歩を印したのはシカゴだが、その日のうちに飛行機を乗り継いで、ウィスコンシン州のマジソンまで行くことにしておいた。国際空港といっても大阪空港ぐらいしか知らない私は、どこの空港でも国際線のすぐ隣に国内線があるものと思っていた。ところが着いてみてびっくりした。何でもシカゴのオヘア空港は、発着機の数が世界一多いということで、とにかくばかでかい空港なのだ。国際線から国内線まで大きい荷物を持って、とても徒歩で行けるような距離ではない。

やっとのことで(事の仔細は省略)国内線のビルに到着したが、今度はウイングがいくつも分かれていて、目当ての航空会社のチェックインのカウンターがなかなか見つからない。苦労して探し出し、チェックインを済ませたときは本当にほっとしたが、一つ気掛りなことを思い出した。日本を出る前、飛行機の予約の再確認をしておかないと、キャンセルと見なされて予約を取り消されることがあると脅かされていたからである。

明後日シカゴからランシングへ行く飛行機の予約の再確認をここでしておこうと思い(電話でするなんてことはもっとむつかしい)、その航空会社のカウンターを探したが、一難去ってまた一難、これが簡単には見つからない。ええい、ままよ、と手当たりしだい聞いて回って、目指すカウンターを見つけ出し、何とか再確認を済ませた時は、マジソン行きのフライトの出発時間が迫っていた。

実は少し余裕をみて、乗り継ぎ時間を三時間とっておいたのだが、シカゴ到着が一時間近く遅れ、入国手続きに時間がかかり、チェックインと再確認にモタモタして、危うくマジソン行きの飛行機に乗り遅れるところであった。もしも間に合っていなかったらと思うと、背筋が寒くなってくる。

海外へ足を踏み入れる第一日目は、すべてに要領を得ないのだから、乗り継ぎはやめて、飛行機が最初に着いた先でゆっくり宿泊されることをお勧めする。

＊　＊　＊

シカゴからミシガン州都ランシングへの飛行機に乗ったときのことである。

飛行機が空港に着いたので、当然にランシングへ到着したものと思い、他の大勢の乗客に交じって外へ出た。しかし、どうも様子がおかしい。州都の空港にしてはいかにも小作りなのだ。ビル確認しようにも案内板や表示板の類いが全くない。空港ビルから外へ出てみて驚いた。ビルの壁面には『Kent County Airport』と書かれている。これは一大事とすぐ引き返したが、手荷物のチェックをする係員が我々の前に立ちはだかった。

言葉が通じないということは、全くもってもどかしいものである。日本語なら簡単に説明できることが、英語となるとたんにしどろもどろになってしまう。しばし押し問答の末、クレームタッグを示したりしてやっとわけをわかってもらい、ゲートへすっ飛んで行くと、あった、あった、助かった。飛行機はまだそこに止まったままだった。

スチュワーデスに笑われ、フーフー言って元の座席にすわったとたん、どっと汗が吹き出してきた。ハンカチを取り出して額の汗を拭っていると、ほどなく飛行機は動き出した。その間、わずか二、三分。すんでのところで荷物だけが先にランシングへ到着するところだった。

まさかランシング行きの飛行機が別の空港へ立ち寄るとは夢想だにしなかった。交通公社も教えてくれなかったし、シカゴ空港での案内でも、ただ行先がランシングと表示されているだけだった。機内アナウンスはあったのだろうが、前述のとおり、悲しいかな私のヒアリングの能力の限界を超えている。時計を見ていればわかるだろうと思われるかもしれないが、ちょうどシカゴとランシングの間には時差があって、いったい本当の時刻が何時やら頭の方が混乱していたのだ。こんなことがあるということも、記憶の片隅に留めておいていただきたい。

＊　＊　＊

今度はランシングからニューヨークへ向かおうとしたときのこと。

ニューヨークまでの直行便はないので、デトロイトで乗り継ぐことにしておいたのだが、この便は、実はデトロイトからの折り返し便なのだ。この日は天候不良のため、デトロイトからの到着が一時間程遅れるという。そうなると、予約していたニューヨーク行きの便にデトロイトで乗り継げないのだ。やむを得ず別便にチェンジしてほしい旨頼んだが、一つ困ったことが起きた。

ニューヨークには私の学生時代の友人のO氏がいて、空港まで出迎えに来てくれることになっていたのだが、当初予定していた飛行機が着くのはニューアーク空港だった（ニューヨークには国際空港が三つもある！）。ところがニューアーク空港へ着く飛行機はもうないという。乗り継げる便は、すべてラ・ガーディア空港着なのだ。それでも乗らないことには、その日のうちにニューヨークへ着けなくなってしまう。とりあえず、予約の変更はしてもらったが、はたと困ったのは、O氏にどう連絡をつけるかだ。

会社か自宅かどちらかでも電話番号を聞いておいたらよかったと悔んだが、後の祭りだ。公衆電話を使って尋ねるしかないが、そのかけ方がわからない。途方に暮れたというところだが、実はここに一人の救世主がいてくれたのだ。

ミシガンでは姉妹州ということもあって、ことのほかお世話になったのだが、その日は同州自然資源局のミスター・ハミルトン（彼は髭づらで老けて見えるが、フィアンセの話をしていたから、実際には若いのだろう）が空港まで車で送ってきてくれた。

彼にへたな英語で必死に事情を話すと、どうやら我々の窮状が通じたらしく、公衆電話で電話番号を聞いてくれたのだ。そして、会社へ電話を入れてくれ、O氏がいなかったので、ニューヨーク着の便を変更すること、空港がニューアークからラ・ガーディアに変わることなどを伝言してくれた（と、その時は信ずるのみだった）。

さらに、親切にもかれのフィアンセなる人にも電話をかけ、彼女の知り合いで日本語を話せる人がデトロイト空港にいるので、もし困ったことがあったら、その人をたずねるのがよいと言って、私の手帳に名前を書いてくれた（幸いその人のお世話にならずに済んだが）。ミスター・ハミルトンのおかげで、私達は後顧の憂いなくミシガンを後にすることができた。彼の好意には心から感謝をしたい。

ちなみに、ランシング発デトロイト行きの飛行機は、定員十人ほどのプロペラ機で、乗客は我々二人だけ。心細い限りだった。

デトロイト空港でチケットの変更をするのに少々もたつきはしたが、ニューヨーク行きの便に無事乗り継ぐことができ、ラ・ガーディア空港で出迎えに来てくれていたO氏の姿に接したとき、話は間違いなく通じていたのだなと、ほっと安堵の胸を撫で下ろした。

＊　＊　＊

飛行機にまつわる体験談に駄弁を弄し過ぎたので、肝心の研修の内容や印象を記す紙数がなくなってきた。関心のある方には別途レポートを御覧いただくとして、以下簡単に触れておきたい。

「北米における水質保全制度と富栄養化対策の効果に関する調査」という少々仰々しいテーマを引っ提げて、勇躍アメリカとカナダへ乗り込んだのだが、実際に湖を見る機会はそう多くなかった。マジソン湖沼群のメンドータ湖とモノーナ湖、五大湖の一つオンタリオ湖、それに「カナディアン・ロッキーの宝石」と称されるルイーズ湖（他の訪問先が比較的暖かかったのに、ここだけは氷点下十五度の極寒の世界で、湖面は完全に氷結しており、「水」は全く見えなかった）ぐらいで、北米の湖沼を語る資格はないかもしれないが、水質の印象としては、南湖よりはきれいだが、せいぜい北湖並みかそれ以下という感じだった。

湖岸も都市部ではおおむね人工化されているが、むき出しのコンクリートやテトラポットは見られず、自然石を使うなどの配慮はされているようだった。ただ、湖辺に漂着しているゴミは、琵琶湖よりずっと少なくきれいだった。

風景に目を転ずると、まず気が付くのは山が見えないということである。ロッキー山脈などへ行けば、これはまた急峻な山ばかりドカッと集まっているが、おおむね山らしきものがない。だから、広漠とはしているが、肌理《きめ》の細かさは感じられない。ウィスコンシンやミシガンでは、車で一時間走っても二時間走っても、果てしなくコーン畑が広がるばかりで、うんざりするほど同じような風景の連続である。

都市の景観も、基本的には自然風土の延長であるという気がする。歴史的建築物が少なく、木は多くても落葉樹ばかりで、この季節には視界から緑が消えてしまうせいか、私の目にはそれほど美しいとは映らなかった。ゴミはどこの町でもけっこう散在しており（ニューヨークは

カナダ・トロントの旧市庁舎前で

特にひどかった）、向こうは路上にゴミがないと聞いていたので、これは意外だった。

ただ、日本に比べると、風景の中に夾雑物《きょうざつ》が少ないことは確かである。自然の風景が概して大ざっぱであるのと同じように、まちづくりにおいても余計な物はできる限り排除するという思想が根底に流れているように思う。電線、電柱、看板（特に屋上広告）の類いはあまり見られないから、町並みは整然としている。

特にトロント、カルガリー、バンクーバーなどのカナダの大都市ではこの傾向が強く、一様に、中心部は五十階を超えるようなビルが人間を威圧するように林立しており、極端に言えば、それ以外何もない。これぞ機能美、人工美の極致である。逆に言えば、単調この上ない。そこには人間臭さというべきものが、どうも欠如しているのではないかという気がしてくるのだ。

都市というものが夾雑物を一つずつ脱ぎ去っていって、極度に洗練し尽したとき、あとには人間すら拒む冷たさだけが残ってしまうのではないか。ではいったい、快適な環境とは何だろう、うるおいのある風景とは……私は、「八ツ橋」を二つ向かい合わせに立てたような、奇妙な形をしたトロントの市庁舎の前に佇立《ちょりつ》し、自問していた。

＊　＊　＊

帰国して改めて周囲を見回してみると、日本の風景とは、何と多様性に富み、やさしさに満ちていることだろうと思った。どの一画を切り取っても、そこには必ず山があり、森があり、川があり、田園があり、道があり、家並みがある。いろんなものが混然と融和した世界――これこそ日本的な風景の特質であり、古来より日本人の世界観や文化を胚胎させた源泉であろう。

最近、その多様性が高じて、調和よりも自己主張を目指す傾向が強まっているので、ある程度の軌道修正は必要だと思うが、自然と人智がほどよくなじんだ日本の風景のよさをもっと見直してもよいのではないか。そして、それを日々享受できる幸せに、もっと思いをいたしてよいのではないか。

異質な世界を垣間見ることのできた貴重な二週間であった。

「琵琶湖」と「びわ湖」

官庁が作成する文章は、堅苦しくてわかりにくい、というのが定説となっている。公正さを旨とすべき行政であってみれば、ある程度文章が定型化されるのはやむを得ないとしても、自分ながら、もう少しなんとかならぬものかと感じながら、せっせと官庁用語を駆使して文章を綴ってきたことである。

ただそれは、一般の公文書の話であって、広報とかＰＲの分野では、このところ県の文章も随分とセンスがよくなってきたと感じている。生硬な漢語の羅列が影を潜め、誰にでもわかるやさしい言葉がしだいに市民権を得てきた。使用される文字も、漢字が減ってひらがなが増加した。文章中にひらがなが多いと、視覚的にも柔らかい印象を与えるという効果がある。

行政が作る文章がソフトタッチになってきたことは、大変結構だとは思うのだが、気になる点がないわけではない。やさしい言葉を使うことに腐心しすぎて、本来漢字で表記すべき言葉までむやみとひらがな書きにする傾向も出てきたようだ。

そのいい例が「琵琶湖」である。本県の行政は、良きにつけ悪しきにつけ琵琶湖を抜きにしては語れないから、どの部局で作られる文章にも頻繁に琵琶湖は登場するが、最近、「琵琶湖」と書かれるよりも、「びわ湖」ないし「びわこ」と表記される方が断然多い。

確かに「琵琶湖」と漢字で書けば、三文字とも偶然に十二画で、決してやさしい字とは言えないし、「琵琶」の二文字は当用漢字にないから、ひらがなを用いてもあながちおかしなことではない。先年、本県で開催された国体のテーマは、「びわこ国体」であったが、これなどは、デフォルメされた琵琶湖と言えるから、ひらがな書きが適切だと、私も思う。

しかし、一般的に言って、私は、琵琶湖はあくまで「琵琶湖」であってほしい。「びわ湖」とか「びわこ」と書き表すことには反対である。

その理由は、第一に、「琵琶湖」は固有名詞であるから、小学生を対象とした文章は別として、当然に本来の表記法に従うべきだと考えるからである。

富士山を「ふじ山」とは書かないだろうし、同じ湖の場合でも、霞ケ浦を「かすみが浦」、諏訪湖を「すわ湖」、阿寒湖を「あかん湖」などと書かれたパンフレットの類いを、寡聞にして見たことがない。なぜ琵琶湖だけが「びわ湖」でなければならないのか理解に苦しむ。

第二に、「琵琶湖」と書いてこそ、歴史とロマンを秘めた母なる湖のイメージが眼前に広がってくるのに、「びわ湖」では味もそっけもなくなってしまい、何の変哲もない凡庸な湖のイメージしか浮かんでこない。「琵琶湖」が本物の持つ手ざわりのよさを感得できるのに対し、

「びわ湖」では、できの悪い紛《まが》い物を見せられているようで、気分がよろしくない。

第三に、専ら個人的な趣味嗜好の問題として、私が「琵琶湖」という文字づらが好きなのである。あの哀切な調べを奏でる日本古来の楽器・琵琶。その琵琶に形状が似ているところから命名されたと言われる琵琶湖は、「びわ湖」なんかではなくて、断じて「琵琶湖」がよく似合う。他人はどうであれ、私はそう思う。

翻って、琵琶湖の観光が今ひとつ吸引力に欠けるのも、琵琶湖の表記法がバラついて、琵琶湖のイメージが散漫になっているのも遠因でないかと勘繰ってみたことである。

県庁舎中庭の多目的スクエア化

県庁における唯一の四方を壁に囲まれた外的空間である本庁舎中庭は、視覚的には職員の誰からもまさに手の届く距離に存在していながら、実際にはそこへ降り立った人さえ稀ではなかろうか。

私は、この近くて遠い貴重な空間をもっと有効に活用する方途はないものかと考えた結果、多目的スクエアとして再生することを提案したい。

現在、中庭にはヒマラヤシーダー（?）などの若干の高木とサツキなどの低木が植えられ、一応庭園化が図られている。周囲をコンクリートの壁面で囲まれているが故に殺風景になりがちな空間に緑の意匠が施され、それなりの工夫がなされていることは評価できる。しかし、日当たりや通風の悪さのせいで、暗くて湿っぽいというイメージは払拭し難く、せっかくの緑が十分に活かされていないという感じが強い。しかも中庭への出口は狭くて少ないために、散索や休憩どころか通路としての利用さえも少なく、人気《ひとけ》の乏しい寂しい空間となってしまっている。

「入り隅」と「出隅」という分け方をすれば、県庁中庭は「入り隅」の空間である。建築家の芦原義信氏は、「入り隅」の空間は、わが国の都市において歴史的に成立していないとしたうえ、人々を包み込むような温かいまとまりのある都市空間を生み出すことができると述べておられる（『街並みの美学』80、83ページ）。県庁中庭は、そのような貴重な空間であるにもかかわらず、伝統的に「入り隅」の空間の感覚に乏しいわが国であったから、今まで十分な活用がなされなかったとも言える。

しかし、今日では開放的な「入り隅」の空間が人々の交歓の場として活用される例が散見されるようになった。私の知る範囲では、倉敷市のアイビースクエアや神戸市のワイン城などは、「入り隅」の空間をうまく活用して成功した例と言ってよいだろう。

どこの府県へ行っても、たいていその庁舎の玄関付近に「県民ホール」や「県民サロン」などと名付けられた一角がしつらえられており、来庁者が休んだり、談笑したりできるようになっている。本県においてもくつろいだ雰囲気の「県民サロン」があり、それはそれで結構なことであるが、手狭であるし、開かれているという感じは受けにくい。

そこで、思い切って中庭の植栽を取り払い、レンガを敷きつめ、その一部にカフェテラス風にしゃれたベンチを配置するなどして県民に開放し、何にでも自由に使える多目的スクエアに衣替えをしてみてはどうだろうか。

もちろん、今のままではスクエアの存在すら見通せないから、使用の壁面のうち少なくとも玄関側の一階部分の壁だけは取り除いて、玄関から入ってきた人がスムーズにスクエアの方へ進めるよう建物の一部を改造する必要はあるだろう。また、冬季には暖房効率の観点から西玄関にあるようなガラス製のドアを設置するのはやむを得ないだろう。そのほかにも、雨水の排水の方法や壁面の一部を除却することによる建築強度の問題などなお検討すべき点は多いと思われるが、県民相互の、あるいは県民と職員との交流の場として、中庭のスクエア化を図るよう提案したい。

知事の怒り

温厚で鳴る稲葉滋賀県知事は、めったなことでは怒らない。私の記憶では、今までに心の底から怒ったのは、二度しかない。

一度目は、昭和六十二年末にＪＲ西日本が市民からの公募などをもとに京阪神近郊の主要六線区の愛称名を決めるにあたり、東海道線の米原—大阪間を「ＪＲ京都線」と命名しようとしたのに対し、同線区の半分以上が通過する滋賀県として、「考えるだけでも不愉快」と猛反発をしたとき。この発言がきっかけとなってＪＲ西日本を動かし、米原—京都間を「ＪＲ琵琶湖線」と名称変更させることにつながった。

二度目は、昭和六十三年二月の「今月の知事の談話」の放送で、県職員が飲酒運転で検挙されたことに対して、やり場のない怒りをぶつけたとき。

そうすると、今回、文化庁が世界遺産条約に基づく文化遺産として、滋賀県に所在する延暦寺を「古都京都の文化財」の名称で登録推薦したことに対して、県議会の本会議で「何と説明されても、私は了解できない」と表明したのが、三度目の怒りということになろうか。

過去二回の怒りは、私もよく理解できる。県職員の飲酒運転に対する怒りは当然として、JRの愛称問題も、線区の半分以上が滋賀県を通っているのに、京都線と命名するのはどう考えても無理があり、実態と名称がかけはなれている以上、実態を表した名称に変更すべきだという主張は、確かに理にかなっている。

しかし、今回の延暦寺問題に限っては、いささかエゴイスティックな感情が先走っているように思われる。

根本中堂を含む延暦寺域の大部分が行政区画の上で滋賀県大津市に属していることは間違いなく、滋賀県民としては、ちょっと割り切れない気持になるのは分からないではない。だが、そうであっても、それを京都府内の他の十六の寺社と合わせて、「古都京都の文化財」と捉えることに、そんなに目くじらを立てなければならないのだろうか。ことは過去の歴史における認識の問題であって、ことさら現在の行政区画に固執するのは、ちょっと料簡が狭すぎやしませんかと私は言いたいのだ。

人、もの、情報の交流がますます活発化している今日では、人々の行動範囲はぐーんと広くなっており、意識は府県の領域を越えている。

なのに、都道府県がお互いに内側ばかりを向いて、わが領地内にあるものは誰にも渡さんとやっていたのでは、地方分権など進みっこない。できるだけ都道府県の間の壁を取っぱらって、お互いに協力できるものは大いに協力し、役割を分担できるものは分担していくという柔軟さが、中央に対抗できる地方の大きな力になると思う。

京大名誉教授の森毅氏も『地方分権の前提』の中で、次のように述べておられる。

「狭い日本で、定着より流通の時代にあって、県とか市とかで線引して、その縄ばりの範囲は地元で決めるといった発想を考えなおしてよいのではないか。隣りあった都市とか、そこへ通う人たちの利益を含めて考えねばならないのではないか」（平成五年九月十五日毎日新聞「明るくうだうだ世紀末談義」四四）

同感である。とかくイメージが希薄だと言われている滋賀県の情報発信力を高めることはもとより大切だが、延暦寺がわずかに滋賀県側に入っていることを盾に、京都ではない、滋賀だ滋賀だと騒ぐのは、やっぱり大人気《おとなげ》ないし、こんなもの愛郷心でも何でもなくて、偏狭なナショナリズムと言うべきではないか。

今回の知事の怒りは、多少とも県民や議会やマスコミ向けのポーズかパフォーマンスという要素もあろうが、もっとおおらかにかつ冷静に、そんな些末なことにこだわるような時代ではないとぴしゃりと言い放つだけの度量がほしかった。その方が、どれだけ稲葉知事の株を上げたかもしれない。

ＪＲ草津線に「忍術鉄道」の愛称を

「滋賀県はＰＲがへたである」とか「滋賀県はどうも存在感が乏しい」というつぶやきをよく耳にします。確かに素材としては結構いいものをもっているのに、それを生かし切っていないし、広く知られてもいないという感想を多くの県民が抱いているのではないでしょうか。

これには色々な原因があると思いますが、何といっても、長い間日本の首都であり、「ハレ」の舞台であり続けた京都に近すぎたことが、滋賀の存在感を薄めてきたことはまちがいありません。華やかなスポットライトの陰になり、自前の情報を発信する機会に恵まれなかったことと、そこそこ豊かな暮らしを享受できたことが相乗効果となって、みずからを強烈に売り出したり、アピールしたりすることを好まない県民性を育ててきたような気がします。

しかし、現代は、情報が大きな価値をもってくる時代、イメージ戦略が重視される時代です。滋賀県がいつまでも情報発信後進県に甘んじていてはだめだと思います。

平成五年度末に策定された「新しい淡海《おうみ》文化の創造に向けた県行政推進の基本方針」の中でも、「滋賀県の価値と魅力を見いだし、そのすばらしさを世界に発信する」ことが、これからの取り組みの四本柱の一つとして位置づけられたところであり、官民あげて意識的な努力をすべきです。

ところで、今から七年ほど前に、ＪＲ西日本が市民からの公募などをもとに、京阪神近郊の主要六線区で路線の愛称を決めようとしたことがありました。東海道線の米原―大阪間が「京都線」と命名されたのに対し、稲葉知事をはじめ広範な県民の反対運動が巻き起こった結果、ＪＲ側が折れて、米原―京都間を「琵琶湖線」に変更することになったのです。

ことほどさように、イメージ重視の時代にあって、ネーミングは非常に重要で、ことに鉄道路線の名称となると、地域の存在感にかかわってきます。

そこで私は、現在のＪＲ草津線を「甲賀忍術（者）鉄道（線）」といった愛称に変更するようＪＲ西日本等に働き掛けることを提案したいのです。

ＪＲ草津線は、総延長三十六・七キロのうち約四分の三が甲賀郡内を走っています。「京都線」を部分的に「琵琶湖線」に変更した理屈からすれば、紛れもなく「甲賀線」なのです。それに、他県で草津線と聞くと、残念ながら群馬県の草津温泉を思い起こす人が結構いるのではないでしょうか。

「甲賀線」ではまだインパクトに欠けますから、思い切って「忍術（者）」を付けてみたらどうでしょう。きっと子どもたちの夢を掻きたて、一層の親しみを感じさせるだけでなく、イメージの広がりや定着化が期待できると思います。駅員さんや車掌さんが忍者のいでたちで業務にあたることができるなら、一層効果が上がるでしょう。

全国には、四国の中村線のように、営業主体が第三セクターになった際に「土佐くろしお鉄道」と改称して、イメージアップに成功しているような例があると聞いています。

確かに、今まで慣れ親しんできた名称が変更されることには、相当の抵抗が伴うことでしょう。特に、草津市民にとっては、愛着のある草津線の名前が消え去るのは堪え難いことであり、反対運動が起きるかもしれません。

しかし、この際草津市民にはより広い心を持ってもらって、現草津線の利用客を増やすことが、結果的に草津市の発展・振興にもつながるという見地から、ぜひ理解を得たいと思うのです。

現在、甲南町には忍術屋敷が、甲賀町には忍術村があり、この地域では中心的な観光地になっています。さらに、昨年八月には忍者にゆかりのある県外の四市町が甲南町に集まり、「全国忍者サミット」が開催されるなど、忍術もしくは忍者をキーワードにした地域おこしに取り組まれていますが、昨年八月二十三日毎日新聞滋賀版「支局長からの手紙」欄で指摘のあったように、自らの地域を知る意気込みや体制はまだまだ不十分です。

全国的にもユニークな忍術・忍者という素材を生かし、この地域の存在感を全国に向けてわかりやすく主張していく契機とするために、まずはＪＲ草津線の名称変更に向けての行動を起こしていただきたいと思います。

介助実習を体験して

私の両親はともに健在で、現在（平成十五年七月）、父親八十三歳、母親七十四歳という年齢である。数年前に二人が相次いで入院するということもあったが、今はありがたいことに、介護その他福祉サービスの世話になることもなく、ある程度社会参加を続けながら、夫婦で元気に暮らしている。そのせいもあって、私は高齢者福祉を身近に感じてこなかった。しかし、今回、四年ぶりに福祉の現場（悠紀の里デイサービスセンター）での実習を体験して、改めて即両親の問題となりうること、そして自ら遠からずサービスを受ける側に回る可能性が十分にあることに思い至って、まさに自分自身の身近な問題であると認識を新たにした。

今回の実習が前回と異なるのは、E型ということで痴ほうの症状が出てきている人を対象としていること、男性の参加者がおられて、前回体験できなかった入浴介助をさせてもらったこと、参加者の皆さんを引率して車による遠出をしたことの三点である。そのため、わずか一日の実習であったが、比べものにならないくらいの肉体的かつ精神的疲労を感じ、介護サービスの大変さを実体験できた。このような業務に連日従事されているスタッフの皆さんには、さぞかし大きな負担がかかっているだろうことは想像に難くない。

一日の実習を通しての率直な印象は、まるで幼稚園児の相手をしているようだったということで、人間の精神状況は年齢を重ねると幼児期へと回帰するということを今回も実感した。

その中でも、男女の性差というものを感じた。女性は参加者の間でコミュニケーションをとろうとする意思が働いているように思えるのに対し、男性は概して無口、寡黙で、自ら会話に参加しようとはしない。と言って、全く言葉を発しないのではなくて、戦争体験や会社勤めの経験など、内に秘めた矜持《きょうじ》に触れるような事項に話題を向けると、人格が変ったように表情を輝かせて話をされる。この差異は何に由来するのか。その理由としては、一つには、定年まで仕事一途に過ごしてきて、職場以外の人との人間関係を結んでこなかった人が多いこと、二つには、高齢者になっても見栄やプライドから逃れられず、生身の人間性を他人にさらすことに対するためらいがあること、などが挙げられるのではないか。

将来、デイサービスを受ける受けないは別にしても、在職中から職場を離れたところで多様な人間関係を結び、確かな生きがいをつかんでおくことが、豊かな老後を送る一つの鍵であるという思いを強く持った。

一人ひとりのお年寄りにとっては、健康状態が許せば、家で孤独に過ごすより設備の整った施設へ出向いて、専門スタッフのサービスを受けながら、同じような境遇の人たちと一緒に過ごす方が、家族への気兼ねも少ないし、ずっと気分が晴れて、精神衛生上も好ましいだろう。しかし、今後ますます少子高齢化が進む中で、すべて公的あるいは専門的施設のサービスで対応するとなると、近い将来、施設の方がパンクしてしまうのではないか。介助者にとっても比較的負担の軽いC型デイサービス程度の福祉サービスなどは、地域やボランティアといった第三の道に委ねる度合いをもっともっと高める方策を打ち出す必要があると思う。

健常者なら多くの人が、高齢者や障害者といった社会的弱者をサポートしたいという気持をもっている。こういう実習を体験して一層その思いが強くなり、助けを求めているような顔を見るとつい手を差し伸べたくなる。しかし、いったん人に頼り出すとますます自立の意欲が遠のいてしまうものである。今後の福祉サービスの充実はもとより大切であるが、できる限り人に頼らず自分でできることは自分でやるという自助努力を引き出すことこそが福祉の基本であると思う。従って、時には冷たく突き放して自力でやらせることも必要であり、サポートとの兼ね合いの難しさを痛感した。

今回二度目の得難い体験をさせてもらったけれども、たった一日だけの体験だから、これで福祉の現場の実態が分かったなどという偉そうなことはとうてい言えない。しかし、痴ほう気味の生身の人を相手にした現実の福祉サービスの一端に従事できたことは、これからの仕事に、また仕事を離れた人生のあらゆる部分で、有形無形のプラス作用をもたらしてくれると思う。

繰り返しになるが、高齢者福祉の原点は、福祉サービスを享受する必要のないお年寄りをいかに増やすということにあると思っている。どんなに手厚い介護を受けても、寝たきりでは幸せとは言えない。今回の体験を機に、自分自身にあっては、できる限りこの種の福祉サービスを受けることなく健康で充実した老後が送れるように、またサポートを必要とするお年寄りに対しては、公私いずれの立場においても少しでも役に立てるように、改めて意識的な努力を払っていきたい。

自転車ツーキニストのつぶやき

県民文化生活部内情報誌「チョコラネット」の創刊を皆さんとともに喜んでいます。何かと暗い話題が多いこのごろですが、新しいことに取り組もう、楽しみながらやろうという前向きな気持が、きっと仕事の成果につながっていくのだと思います。せっかく生まれたメルマガですから、部内の職員みんなの気楽なコミュニケーションの場として、大いに活用していこうではありませんか。

さて、二番バッターの私としては、後に続くクリーンアップの豪打に期待しつつ、つなぎ役に徹したいと思います。

私は、『自転車ツーキニスト』（知恵の森文庫）の著者、疋田智氏言うところの「自転車ツーキニスト」です。いや、彼の定義によりますと、生粋の自転車ツーキニストとは、自宅から会社まで片道十五キロくらいへっちゃらで通勤している人のことを指すということなので、家から野洲駅までの五キロ足らずの道のりだけ、しかもスーツを着たまま走っている私など、エセ自転車ツーキニストのそしりを免れないかもしれませんが、この際大目に見ていただくことにしましょう。

私が自転車で通勤し始めたのは、今の住所に居を定めてしばらくしてからですから、もうかれこれ二十五年にもなります。今の自転車は三代目に当たります。自転車は、二酸化炭素を全く排出しませんから、地球温暖化防止に貢献するクリーンな乗り物です。駅までの所要時間で見ても、通勤時間帯には国道八号線に出るまでが渋滞する車よりも、自転車の方が短くて、確実に時間が読めるのです。

さらに、スポーツらしいスポーツをしていない私にとって、自転車通勤は、ほとんど唯一の運動の機会と言えます。だから、あえて心拍数を増やすべく、できるだけ早く走るように心がけています。駅から遠いというハンディを逆手にとって、メリットとして活かそうという気持で自転車通勤を続けてきたおかげで、この二十五年間、多少の増減はありますが、ほぼ標準体重（BMI値二十二）が維持できています。

それでは、これまでどれくらいの距離を自転車で走ったことになるのでしょうか。一日の走行距離を往復九キロ、バスや車を使う日もありますから、一年に二百日、二十五年間自転車で走ってきたとして計算しますと、9㎞×200日×25年＝45,000㎞という答が出ます。地球一周が約四万キロだったと記憶していますから、ちりも積もれば何とかで、通勤だけで既に地球一周を走破したことになり、自分でも驚いています。

季節的には、春と秋が自転車走行に適した気候ですが、雨雪と強い向い風以外なら、どんな季節でもそれほど気になりません。冬は冷たい外気に触れると、身が引き締まる思いがしますし、駅に着いた頃には、何とも心地よい温もりに包まれます。もう少しすれば本番を迎える夏は、汗まみれになって確かに不快な一面もありますが、だからこそ、家に帰った後に飲む冷えた生ビールのうまさがこたえられないのです。ゴクリ。

カラオケの流行に思う

世は、相も変わらないカラオケブームである。カラオケ装置なしでは、飲み屋稼業は成り立たなくなったし、家庭用のカラオケセットも相当の売れ行きと聞く。段・級位の認定証が発行されるに至っては、ブームここに極まれりの感がする。

熱しやすく冷めやすい日本人が、これほど長い期間にわたって愛好してやまないのは、よほどそのフィーリングに適っているからなのだろう。いや、どんなに心にしっくり来るものがあろうと、明日の命もままならない身であれば、毎夜マイクを握って蛮声を張り上げているわけにもいくまい。なんやかやと言っても、今の日本はこの上なく平和で飽食の国なのだ。

ところで、この私も、二次会に誘われたときなど、人並みにマイクを握ったりもするが、心底からはこのカラオケが好きになれない。生来の音程不感症であることをここではおくとしても、だ。

カラオケの流行は、決して喜ぶべき現象ではないと、私は思っている。やや誇張した言い方をすれば、過去から連綿と受け継がれてきた庶民の歌の文化とでも呼ぶべきものが、カラオケの出現によって崩壊の危機に瀕している（家庭内で楽しむだけなら、それほど気にすることもないのだが）。

カラオケの害悪の第一は、何と言っても酒を酌み交わし、胸襟を開いて語り合う場を放逐しつつあることである。

古来よりタテマエとホンネを截然《せつぜん》と使い分けてきたこの国では、酒はホンネの対話をスムーズに運ぶための潤滑油のようなものであった。ところが今は、酒はカラオケのマイクを握るための景気づけの液体と化しつつある。

そして、歌に自信がある者もない者も、上手な者も下手な者も、あまねく歌を強要されるのがこれまたカラオケの困った点である。

これだけカラオケが普及すると、たいていの人は一曲や二曲のレパートリーを持っているから、何とかお茶を濁すことができようが、中にはカラオケであろうと何であろうと、根っから歌うのがいやだという人もいる。カラオケがいまだ一般化していなかった時代には、舞台に出てきて歌の一つも歌おうという人は限られていて、いやな人にまで強要しないという暗黙の了解ができていた。ところが、カラオケがあまりに大衆化したために、かえって一部の少数派が不快な思いをしなければならなくなった。これがカラオケの第二の弊害である。

さらに困るのは、一曲ごとの時間が長くかかりすぎることである。カラオケのテープは、まず例外なく三番の歌詞まで歌えるように作ってあるから、一曲当りの所要時間が長いのである。はじめのうちは、自分から進んで歌おうとする人が少ないからそう気にならないが、しだいに佳境に入ってくると、曲の消化がリクエストに追いつかなくなってくる。悦に入って歌っている本人には気の毒だが、——なんて長い歌だ。早く終ればいいのに——と苛立たしい思いをしながら順番を待った経験を持つ人も多かろう。

だいたいカラオケのテープを三番の歌詞まで歌えるように作る必要はないのである。一番だけであっけなさすぎるというのなら、一番と三番だけで十分である。

しかも、カラオケ装置がある所必ず「歌詞ブック」なるものが用意されていて、歌詞を全部覚えていなくても、ちゃんと三番まで歌えるようになっているのである。当然の配慮と言えばそれまでだが、その道の通人によると、実はこれもちょっとした癪《しゃく》の種なのだ。

というのは、カラオケなんかできる前は、なるだけ多くの曲を諳《そらん》じて歌うことが、歌好きを自認する者にとっての醍醐味であり、密かな愉悦のときであったのだ。今や「歌詞ブック」を見ながら歌うのが当たり前になり、歌詞を三番まで完璧に覚えていることは、どれほどの価値も無くなってしまった。

カラオケは、人前で歌うことなど考えも及ばなかった人々にまでマイクを握らせ、歌うことの楽しさを教えたという点では大いに功績があったけれども、反面、誰が歌ってもそこそこのうまさで聞こえるようにできており、歌う人の自由と個性を抹殺してしまった。

早い話がカラオケが普及して以来、その昔村田英雄が「皆さん、手拍子、手拍子を」と歌ったあの手拍子が宴会の席から姿を消したし、民謡を一同で唱和することも無くなった。伝統ある「春歌」や「替え歌」のたぐいを聞くことは稀になった。これが一つの文化の崩壊でなくて何であろうか。

カラオケは、何事においても無個性化、孤立化、画一化が進行する現代という時代の申し子なのである。

白髪と常識

最近妻が、「白髪《しらが》が増えた」と言って嘆いている。パッと見たところ目立つほどでもないが、つぶさに見てみると、頭頂部分に少し固まって存在している。白髪が増えることは、一つの具象的な老いの発現であるから、何ともいやなものらしい。

いやなものらしいなどと他人事のように書いたが、幸い私は、現在は白髪の洗礼を受けていない。私の父は、白髪が本来の黒髪を駆逐しているような状態だから、遺伝の法則に従えば、いずれは私の頭も白髪に置き換わるのであろう（白髪であろうと何であろうと存在しているだけでもよしとしなければならないだろう。無くなってしまうことの悲哀に比べれば）。

いや既に、私の頭に相当程度の白髪が見られた時があったのである。先ほど「現在は」と書いたのはそういう意味である。

高校時代に後頭部を中心に白髪が増え出し、親からも友人からも「そのうち真っ白になるぞ」と脅かされていた。ところが、大学へ入ってから徐々に白髪が消え始め、黒髪が戻ってきたのである。白髪だと思って抜いてみると、根元が黒く変わってきているやつにしばしばお目にかかった。私の白髪の原因が受験勉強に由来するストレスにあったかどうかは定かでないが、うれしくも不思議なことに、一度はかなりの範囲にわたって私の頭部を侵略していた白髪が、年とともに退散してくれたのである。

白髪が急激に増加してくると（頭が寂しくなってきてももちろんそうだが）、「老いたり」という印象を振り撒くことになる。顔の造作そのものは、短期間のうちにそう大きく変化することはないだろうから、ある人間が「老いた」か「全然変わらない」かの判断のポイントは、まずは頭髪の有り様にかかっている。頭髪の量も色合いも全然変わらなければ、その人はいつまでも若く見られることは請け合いだ。

しかし、なぜ頭に白いものが増えてくると、「老いたり」と感じるのであろうか。

黒と白のイメージを比較した場合、一般に黒は重々しく下降的であるのに対し、白は軽やかで上昇性があると言われる。黒が陰なら白は陽である。荘重な儀式が黒を基調に構成されるのに対し、華やいだ結婚式の中心となる花嫁のウェディングドレスの色は白が多い。ヤングに人気のあるテニスのユニフォームも白である。

相撲の星取表では、勝ちが白星、負けが黒星だし、刑事事件の世界でも、クロ、シロなる用語がよく使われる。「クロ」というのは、犯罪者の烙印を押されることであり、「シロ」は身の潔白、すなわち無罪を意味する言葉として用いられている。

このように黒と白とではどうひいき目に見ても白の方に人気があるような気がする。ところが、頭髪に限ってみれば、全く逆なのである。誰もが黒に執着し、白を忌み嫌う。考えてみればおかしなことではないか。

われわれの常識というのは、案外この程度のものかもしれないという気もする。確固たるもの、まちがいのないものとして信じていたものが、実は大した根拠がなくて、何かのきっかけで容易に崩れ去るのはよくあることだ。何事においても「予断」や「思い込み」だけで簡単に即断するのは、大きな危険性をはらんでいるということをもっと知るべきなのだ。

ステテコ礼賛

私は学生時代からずっと、あのダサイと言われるクレープのステテコの密かなる愛好者である。

最近新聞に、服飾の専門家（女性）の談としてステテコの効用が載ったのを見て、わが意を得たりと膝を打ったものである。

その新聞記事によれば、素肌に直接ズボンを着けると、汗その他の皮膚からの分泌物によって服地を傷め、洋服としての寿命を短くするというのである。夏場にはズボンの下にステテコをはくことは、服飾の専門家の間では常識となっているらしい。

私は、分泌物による傷みを気にしなければならないような上等のズボンを着用しているわけではないので、少々面映ゆい気もするが、ステテコ愛用者にとっては、百万の味方を得たに等しい記事であった。

三十代半ばに差しかかると、さすがに揶揄《やゆ》の声も聞かなくなったが、二十代の頃は、私がステテコをはいていることが分かると、友人から、おじんくさい、むさくるしい、ズボンがブカブカに見える等の批難の声をよく浴びせられた。およそ若者にはあるまじき醜悪なスタイルだというのである。

しかし、私にとっては、むさくるしいどころか実に快適な衣服である。夏、パンツの上に直接ズボンをはいて坐ったりすると、汗でズボンが引っ張られる。不快というなら、あの感触の方がどれほど不快であることか。

それは、半ズボン・ショートパンツのたぐいでも同じである。脚が外へ出ている分だけ涼しいとは言えるが、畳の上の生活ではとてもはけたものではない。正座でもしたら膝の裏の部分が密着し、そこに汗が溜まってやはり不快であることに変わりはない。

その点ステテコは、さっぱりして具合いがいい。今のところ純然たる下着の扱いしか受けていないから、ステテコの姿で往来を闊歩するわけにはまいらぬが、家の中で夕食にビールを飲むには、ステテコ姿が最高である。ステテコに腹巻きといういでたちは、露天商の専売特許になっている感があるが、日本の夏の服装としては、最も理に適っているると言えるのではないだろうか。

ところで、ステテコの記事からしばらく経って、同じ新聞に「女性もシャツを着用しよう」という中年婦人からの投書が載った。若い女性はもちろんのこと、かなりの年配の婦人でも、近頃シャツを着る人が少なくなってブラジャーのすぐに上ブラウスを着る人が増えている。肌のためにも服地のためにも良くないからシャツを着るようにしようという趣旨であった。

男ならたいていカッターシャツの下にはランニングシャツぐらいは着るのに、なぜ女性は素肌に直接ブラウスやワンピースをまとうのか常に疑問に感じていたので、これまたよくぞ言ってくれたという気持になった。

ステテコに賛意を示したあの服飾の専門家氏が女性であったことを思い出し、女性のシャツについてもぜひ御高見を拝聴してみたい気がするのだが、果して、当然です、私も着けています、という答が返ってくるのだろうか。

『石の座席』を読んで

堀秀彦氏の近著『石の座席』を読み了えた。老学者の滋味深いエッセーというようなものを予想していた私には、極めて衝撃的な内容であった。

遠からず死を迎えなければならないことが確実である老人として、死に対するまことに率直で悲痛な叫びが全編を貫いている。既に八十歳を超えた老人が、何の偽りもごまかしもなく、これほどまでに正直に死と対峙した例を私は知らない。

氏は遠からぬ死を目の前にしながら、何ひとつ明白な宗教的信仰を持っていないし、神も仏も来世も信じていないと言う。一口で言えば、人間は死んでしまえばそれきり塵にかえる、というのが氏の死に対する認識なのだ。

氏は言う。「死ねば誰も彼も塵芥《ちりあくた》に帰る。このことを正直に、理性的に、自分自身について、いま認めることは、いやなことだが、大切なことだ。だが、大袈裟に言えば、人間はいままでこのことを、はっきりと、ごまかしなしに認めることをさけて来たように思われる。」

だから、老人にとっては、残された時間が少ないという厳然たる事実が、何を行うにしても避けがたい障害として大きく立ちはだかってくるのであり、すべての営為が空しくなってしまうのである。

「趣味も仕事ももたぬ私にはこれ（食べること）以外に生きる喜びをもち得ない。人を訪問することももろんない。友人がたまたま来てくれても、喋ることにすぐ私はくたびれてしまう。遠からぬ死を考えると、すべてのものが意味を失う。『こんなことをして、なんになる?』いつもそのようにしか考えない。『それが自分にとってなんの意味があるのか?』このような問いが一切のことに、まつわりついて離れないということが、私の老衰した毎日の精神生活なのだ。死はゴマカスことが出来ない。そして、『万古の塵』にかえる死を思うと、一切がむなしく、一切がどうでもいいと思う。」

達観とか諦観とは違う。ましてや悟りなどとはとうてい呼べない、どうにもやり切れない思いだけが痛々しいまでに心に突き刺さってくる。

最近、老人の生きがい対策がやかましく言われているが、このような老人の心情をはたしてどこまで汲んで行われているのかはなはだ疑問である。死が切迫していることに対するどうしようもない焦燥感を忘れて、生きがいも何もあったものではない。健常者が障害者の気持をなかなか理解できないように、死など遠い世界の話だと思っている者がいくら老人の生きがい対策を考えても、結局はおざなりのものになってしまうという気がする。

毎朝、新聞を開けば、必ずと言ってよいほど、交通事故その他の事故、心中、殺人などによる不幸で唐突な死が目に入ってくる。しかし、自分自身の死については誰も考えたがらない。死があまりに日常的になり過ぎて、かえって遠くへ押しやられてしまっているのが現代なのだ。いや、考えることが恐いから、自分とは関係ないと思い込んでいるだけかもしれない。

氏は正直に語る。「もし私たち一人ひとりが、自分の個体として生きている意味の重要性、絶対にとりかえのできない唯一性、をほんとうに知ることが出来るならば、そしてひとたび死が訪れてくれば、一人ひとりのそれらの人間が、悲しいことに、塵芥になってしまうのだということを、ほんとうに知るならば、人命の軽視などといったことはあり得ないように思われる。自分がこの世界のなかで、ながい歴史のなかで、たった一度の唯一性をもった人間であることをほんとうに知ったとき、私は自分の死というものの薄気味わるさ、こわさをいやでも感じる。私は死ぬのがいやなのだ。どうでも死ななければならないのだと知れば知るほど、死ぬのがいやなのである。」

考えてみれば、当然のことながら、死は私にとっても絶対に避けて通れない大問題である。ただ、堀氏のように、たちまち死が切迫しているとは考えていないから、明日にいくばくかの希望をつなぎ、のほほんと毎日を過ごしているだけのことである。私と堀氏の相違点は、いくらか時間が残されていると感じているか、もう残された時間はほとんどないと感じているかということだけである。

私ももう三十六歳になった。夢と希望があふれる青春時代は過ぎ去り、そろそろ行き着く先が見通せる年代に入ってきた。私は、今、充実した生を生きているかと問われれば、とても首を縦に振る自信はない。その日その日をただやり過しているだけのことではないのか。

安逸と懶惰《らんだ》で私の人生を塗り込めてしまうことだけは、何としても避けなければならない。そうこうしているうちに、時間は奔流よりも速く過ぎていくのだ。

追記　堀秀彦氏は昭和六十二年八月二十七日に逝去された。謹んで御冥福をお祈りする。

異色のポスター

全裸女性を配した大胆なデザインで物議をかもした、あの横尾忠則氏製作の神戸ユニバーシアード大会のポスターが、やっと刷り上がったそうである。と言っても、配布先は国内に限定し、しかも小・中学校には送付を見合わせるという厳戒ぶりである。

くだんのポスターの写真も新聞に出ていたが、モデルになった女性はリサ・ライオンさんといって、女性ボディビルの元祖と呼ばれている人であるらしい。女性のヌードといえば、優美さ、妖艶さが売り物と相場が決まっていたのだが、モデルがボディビルダーだけあって一風趣が異なっている。引き締まった肢体と精悍な顔。まるでギリシャ彫刻かミケランジェロのダビデ像でも見ているようだ。

とうとう女性が男性の属性として信じて疑われなかった逞しさや力強さをも具有する時代が到来した。筋力をつけるためのボディビルなどというものをこれほどに女性が愛好するようになろうとは、つい十年前まで誰が予想し得ただろうか。

女性がじわりじわりと男の領分を侵し始めている。それに引き替え、男はますますなよなよとして頼りなげになっていく。同性として嘆かわしいことである。

マラソンや駅伝だってそうだ。タイムこそ男を追い抜くというわけにはいかないが、人気は男子のレースに勝るとも劣らないし、第一、走り終わってからのあの余裕はどうだ。男はゴールに辿り着くともう疲労困憊、その場でへたりこんでしまう選手が多いのに、女性はたいてい涼しい顔をしている。男である私は、女性のその秘められた底力に対して、驚嘆の念すら抱く。

男が仕事だの会社だのにかまけて、ますます人間的な部分を押し殺しているのに、女性はおおらかにかつしなやかに、自由な精神の飛翔を楽しんでいらっしゃる。人間として自立をしなければならないのは、女性ではなくて、むしろ男の方ではあるまいか。危うし男性諸君！

雑煮異聞

何の菜のつぼみなるらむ雑煮汁　　犀星

日本の正月を彩るものは数多くあるが、雑煮は最もポピュラーなものの一つであろう。地方によってさまざまなバリエーションがあるようだが、「要するに、年迎えをするために年越しの夜、神に供えたものをおろして、煮込んで食べたなごり」（合本俳句歳時記）ということだから、その名の示すごとく、餅だけでなく他の野菜類をいっしょに煮込むという点で共通している。

ところが、私の幼少の頃から親しんできた秋山家の雑煮は、餅だけをすまし汁で煮た、雑煮というよりは「単煮」とか「純煮」とでも名付けた方がふさわしい代物であった。

もっとも、わが家の雑煮がずっと昔から餅だけの「単煮」であったわけではなく、婿養子である親父によって伝播され、そのまま定着した新しい文化なのである。なぜ野菜を入れなかったかというと、答えは単純明快で、親父が餅を人一倍好んだからである。

おふくろの話によると、それ以前は、秋山家でもちゃんと野菜入りの雑煮を食していたということだから、少々誇張していえば、これは一種の生活革命であったろう。

親父は餅好きを自認するだけあって、結婚当時、雑煮の餅を二十個もたいらげた。これにはおふくろも度肝を抜かれたらしい。しかも、餅を食べた後、文字どおり何食わぬ顔をして、普段の朝食と同じようにお茶漬けを二杯掻き込んだというから驚きである。御飯と餅は入るところが違う、というのが親父の言い分であった。

ところが上には上があるもので、昭和二十八年頃からわが家に住込み店員として働きにきたMさんが、また大の餅好きであった。

Mさんは、一度に三十個もの餅を腹に納めた。餅好きにかけては人後に落ちないつもりでいた親父もこれには仰天し、おふくろは二度びっくりした。

二人の食べる餅を煮るとなると、これはもう大変である。普通のみそ汁を作るような鍋では、とうてい入り切らない。よって、餅の煮炊きには、平時はお蔵入りしている木製の蓋の付いた巨大な鉄鍋の登場とあいなった。大きな鍋の中で、五十個を超える餅がぐらぐら煮立っているさまは、実に壮観であったことを今も覚えている。

そんなに大量の餅を消費していけば、在庫もすぐに底をつくのが道理である。当時わが家では、年の瀬の二十八日に餅搗《つ》きを行う慣わしになっていたが、蒸籠《せいろ》にして六段もの餅を搗いていたにもかかわらず、松の内を過ぎる頃になるとすっかり食べ尽されてしまう。そこで、再び伝来の臼と杵で親父とMさんが餅の製造に取りかかるのである。

餅搗きといえば、年の瀬の風物詩と相場が決まっているが、当時のわが家からは年が明けた後も、時ならぬ餅を搗く杵の音が少なくとも二・三回は聞こえてきたはずである。

二月に入り、早春の匂いがほのかに立ちこめるようになって、やっとわが家の餅は、その職責を全うして台所から姿を消した。

かくのごとき「餅浸り」の家庭の生まれ育った私であるが、遺憾ながら親父の威光を踏み越えるには至らなかった。世間の標準からすれば餅好きで通る私も、若き日の親父やMさんのすさまじい胃袋にはとうてい太刀打ちできない。高校生の頃、もうこれ以上入らないという極限まで詰め込んで十二、三個まで行ったのが最高で、その後は漸減、今や四、五個がせいぜいである。

Mさんは十年ばかりわが家で寝食を共にされた後独立され、出身地であるK町の駅前に店舗を構えられた。もうとっくに還暦を過ぎた親父はもちろん、五十歳を超えたMさんも、最近ではごく常人の胃袋となったようである。

臼と杵に代って電気餅搗き機の時代となり、スケールの点でいささか見劣りはするが、餅好きの伝統は、どうにかわが家の三人娘が受け継いでくれている。

男だってプロポーション

十日間にわたって国立競技場で繰り広げられた'91世界陸上が幕を閉じた。さすがに世界一流のアスリートを集めた大会だけに、見応え十分だった。

男子一〇〇メートルのルイス、男子走り幅跳びのパウエル、男子四〇〇メートルリレーのアメリカチームの世界新記録誕生の瞬間をいずれも目のあたりにすることができた（もちろんテレビを通じてだが）のは幸運だったし、体中がぞくぞくするような興奮を覚えた。

日本選手の活躍も見事だった。世界の一流に伍して戦うのは容易ではなかったが、ホスト国としての面目は十分に保ったと思う。

特に、男女のマラソンではそれぞれ金・銀に輝いた谷口と山下、それに短距離走で五十九年振りに栄光のファイナリストとなった高野の三人の戦いぶりは、強く印象に残った。

さて、このような個々の選手の活躍ぶりとは別に、僕には強く心に刻まれたことがある。それは、鍛え上げられた人間の肉体はかくも美しく輝いて見えるのかということだ。その点では、勝者と敗者の別も、男女の差も、膚の色の違いも全く関係なかった。

翻ってわれわれの周囲を見回してみると、表面を着飾ることには躍起になっても、肉体そのものの美しさに無頓着になり過ぎていると思えてならない。

確かに、一部でスポーツクラブやフィットネスクラブが繁盛し、健康や肉体に対する関心は高まっているように見える。しかし、それは極度の飽食や運動不足が蔓延している現代に咲くあだ花に過ぎないのであって、大方の人間は、自らの肉体の美しさに無関心である。

早い話が四十歳を過ぎて二十歳代前半の体重や体型を維持していると自信をもって答えられる人がどれほどいるだろうか。おそらく数パーセントにもならないだろう。若い時はスポーツをやりスリムで美しい体型を有していた人でも、社会人になるといつしか腹が出てきて、体重が増加し、ズボンのウエストを緩めなければならなくなる。そういう身体の変化そのものよりも、実は身体の変化に何ら抵抗を示さずズルズルと許容してしまう精神こそが問題なのだ。

僕は、人間の肉体はあくまでも美しくなければならないと思っている。そのためには精一杯の抵抗をすべきだと思っている。腹の回りに脂肪がついて肥満した体が美しいはずがない。むしろ醜悪ですらある。

人の肉体に年齢とともに衰えし、醜くなる。これは生物としてやむを得ないことだ。どんなに鍛えても、年齢が高くなれば若い時より美しくなることはない。しかし、努力しだいで下降する角度を少しでも水平に近づけることは可能だ(と信じている)。

とは言うものの、「何かスポーツやってますか」と聞かれると、答えに窮してしまうのは事実だ。貧乏性で引っ込み思案の僕は、今大流行のゴルフもテニスクラブもとんと縁がない。往復十キロ近い野洲駅までの自転車通勤と風呂上りに行っている自己流の柔軟体操兼ストレッチ体操が運動と呼べるすべてだ（昨年の増築で脱衣室兼洗面所を広くとったのは正解だった）。運動量として大したことはないかもしれないが、要は持続することに意味があるのだと勝手に解釈している。月二回程度のゴルフなんかよりはずっといいだろう。

僕の現在のボディサイズ―身長一・六七メートル、体重六十二キロ、スリーサイズは上から九十、七十六、八十七、そして上腕部の太さ三十センチ。ここ十数年ほとんど変化していない。が、最近、腹の出具合いが少々気になるようになってきた。これは危険な兆候だ。食事は腹八分目を心掛け、僕流の運動を息長く続けよう。

僕はこれからも肉体の美しさにこだわり続けたい。男だってプロポーション！

スーパーの一角で

学校が夏休みになって二週間ほど経った日曜日、ちょっと買いたいものがあって、スーパーの一角にあるはんこ屋に入ったときのことである。

一足遅れで、小学二、三年くらいの男の子を連れた若いお母さんが飛び込んできて、

「あのう、出席のはんこを下さい」と言う。

「えっ、出席のはんこ？」と店の人は怪訝そうな顔。

「ラジオ体操の出席カードに押してもらう『出』というはんこがあるでしょう。あれ置いてない？」

「あーあのはんこですか……確かあったと思いますが」

店の人は、商売とはいえちょっととまどいのような表情を見せて、目的のものを探し始める。

「○○ちゃん、よかったね。今まで休んだ日も出たことにして、お母さんがはんこを押しといてあげるから、二学期になったら、それを学校に持って行きなさい。誰にも言ったらだめよ。わかった？」

くだんの母親は、私が聞いていることなどまったく意に介していないといった風情で、男の子に話し掛ける。男の子は、母親のとった行為の意味合いがよく飲み込めていないらしく、ぽかんとした顔をして、「うん」と生返事をしている。

母親は、目的物を受け取ると、男の子の手を引っ張ってさっさと出ていった。私は唖然として、その後ろ姿を見送ってから、思わず店の人と顔を見合わせてしまった。

夏休み中ずっと普段よりも早く起きて、眠い目をこすりながら子どもたちが体操をしに集まってくるというのも、いかにも日本的な集団主義を絵にかいたみたいで、本当に必要なのかどうか私は常々疑問に思っているのだが、そのことはここではおくとしよう。

夏休みにラジオ体操に出るというのは、一応学校で決められたルールである。きちんとルールを守って皆出席している子もいるのだから、欠席することによって何らかの不利益が自分に及ぶとすれば、当然にその不利益は、自ら引き受けるべきものだ。

なのに、この母親には、自己責任という感覚がまるでない。それどころか、わが子可愛さのあまり、実体がないのに外形だけを取り繕うことに汲々としているのだ。おそらくこの母親は普段から、子どもが取ってくるテストの点数に異常な執着を見せて、しょっちゅう尻を叩いているのではなかろうか。

子どもにとってはいい迷惑である。しかし、子どもの方でも、親の期待に応えようとする気持も働くから、いつしか目先の点数だけにこだわる矮小な人間に成り果ててしまうことは、十分可能性のあることなのだ。

結局は、今の教育のあり方に帰着するかもしれない。個性を生かすだの創造性を養うだの、いかに口ではきれいごとを並べても、今の学校教育が、いかにして受験戦争に勝ち抜くかという技術の習得に力点を置いていることは間違いないことだ。世界に例を見ない進学塾の存在が、その傾向をますます助長する。こういう教育の歪みが、理想とか信念を貫くタイプの人間よりも、責任感が希薄で、現実的な身の処し方に長けた人間を多く生みだしていく。

今の日本を見てみると、政治家や官僚（私もその末席を汚しているが）はその典型だし、先頃世間を賑わした証券業界の損失補填問題などは、自らとった行為の最終的な責任を負わず、他者のせいにして責任を転嫁していくという風潮の現れだ。

このまま進んで行って、いったいこの日本はどうなるのか、空恐ろしい気持になってくる。

3 わが家族、わが地域

大学生になる娘へ

大学合格おめでとう。まず大丈夫とは思っていたけれども、はっきりと決まるまでは気が気でなく、発表の日まで随分長く感じられた。電話で合格の報を聞いたときは、本当にほっとしたよ。

今の大学入試制度が「偏差値至上主義」をあおり、若者の人間性を歪めている点は否定できないけれども、高校入試・大学入試を通じて、目標を高く置いてがんばり抜き、栄冠を勝ち得たという自信は、何物にも代えがたく、きっとこれからの人生においても大きな糧になると思う。大学へ入ったからといって安心するのではなく、また大きな目標に向かって歩み始めてほしいとお父さんは願う。

さて、大学生になるということは、高校時代とどこが違うのか。ひとことで言えば、子どもから脱皮して大人になるということだ。もちろん、二十歳までには少し時間があるし、経済的には自立していないので、完全な大人ではないけれども、大人としての扱いを受けるということだ。

大人になるというのは何かと言うと、自分の判断で自由に行動ができるということだ。しかし、その結果については、すべて自分が責任をとらなければならないということだ。子どものときは、親や先生がこうしなさいとか、こうしてはいけませんとかいろいろ指示してくれるから、それを聞いていればよかった。その結果がどうなるのだろうかと深く考える必要もなかった。

しかし、大学生になれば、そうはいかない。早い話が、授業に出なくたって、先生は誰も怒らないし、文句も言わない。反面、その結果、自分に不利なことを招来しても、誰も責任はとらない。結果に対する責任は、自分自身でとるしかないのだ。

もっとも、今の日本には、大人であってもこんな当たり前のことが分からず、責任の回避、他への押しつけといった風潮が蔓延しているのは嘆かわしいことだ。

お父さんとしては、少なくとも大学生の間は経済的なサポートをさせてもらうし、自分の知識や経験に基づいた忠告や助言はしていくつもりだが、決して考え方を押しつけたりはしない。なぜなら、人間はそれぞれ多様な考え方や価値観を持っていいと思っているからだ。大学生になったのだから、これからは自分なりの判断で行動してほしい。しかし、くどいようだが、自由には必ず責任が伴うものだということを忘れないでほしい。

話が少々抽象的になったので、ここから先はもう少し具体的にお父さんが望むことを記してみたい。

一つ目は、広い視野を持ってほしいということだ。最近、国際化ということがやかましく言われているが、国際化というのは何かと言うと、単に大勢の日本人が海外へ出掛けていくことではなくて、異質なものを認めようとする広い心を持つことだと思う。日本では当たり前と思っていることでも、世界に出ると極めて特殊な考え方ということが結構多いのだ。日本人は一般に、内と外とを区別して人間を集団的にとらえる傾向が強いけれども、これからは枠にとらわれない考え方、ものの見方が大切だし、相手の立場にたってものを考えることも大切だと思う。

二つ目は、やはり大いに本を読んでほしいということだ。「目からうろこが落ちる」という言葉があるけれども、本を読むことによって、自分の知らないいろいろな人の考え方を知り、その結果、知的な興奮に浸れる。自分の考え方、ものの見方に新しい息吹を吹き込まれて、さらなる成長が促されることになる。お父さんも学生時代に大いに本を読んだことが、今日の仕事や生活の大きな糧になっている。

三つ目は、お父さんができなかったことだけど、一つは外国語(特に英語)をマスターしてほしいということだ。読み書きも大事だけど、一番必要なのは、ある程度外国人と自由に会話ができることだと思う。これは理科系とか文科系とか関係なく、将来何をやるにしても必ず身を助けることになると思う。

四つ目は、友人を大切にしてほしいということだ。人生の豊かさは、いい友人に恵まれるかどうかによって、大きく左右されるものだと思う。小学校、中学校、高校とそれぞれの時代に得た友人ももちろん大切だが、大学時代は、いろんな意味で制約が少ないだけに、本当に心が通じ合える生涯の友を作る大きなチャンスである。そうしてできた友人は、どんなにお金を出しても絶対に買うことのできない貴重な財産になるはずだ。

お父さんのこれまでの人生を振り返ってみると、やはり学生時代の四年間が最も思い出深い。勉強を押しつけられるわけではなく、仕事で時間を拘束されるわけではなく、一生のうちこれほど自由に過せる時間は、学生時代の四年間を置いてはほかにない。それだけに使い方によってはすごく充実した時間になるし、逆に無為に終わる可能性もある。音楽やファッションに夢中になることも、少しは結構だけれども、それだけで終わってしまってはもったいない。大学というのは、基本的には学問の府であることを忘れずに、充実した四年間を過ごすことによって、人間として、女性として、さらに大きく成長してくれることを願っている。

妻の入院

結婚以来、お産以外に病院には縁がなかった妻が突然入院したのは、奇しくも二十回目の結婚記念日だった。どうも風邪が治らず熱っぽいというので、念のためにと県立の病院で血液検査を受けさせたら、即入院の厳命が下る。病名は、急性肝炎。さっぱり心当たりはなかったが、生牡蠣等を介して伝染するウイルス性(A型)肝炎だという。

「十分栄養をとって、安静にさえしていれば、すぐによくなるでしょう」という主治医の言葉を聞いて、病気そのものに対する心配は吹き飛んだものの、仕事に多忙な毎日を送りながら、慣れない家事にも当たらなければならない不安感が首をもたげてくる。

共働きをしていた新婚当時こそ、確かに私も家事の一端を担っていた。しかし、妻が、今ではむしろ少数派になった専業主婦に納まってからは、仕事にかまけて、家の中のことはしだいに妻に任せ切りになっていた。何しろ、ご飯を炊く量や電子レンジの使い方など、家事のイロハに属することさえもわからない始末なのだ。

そんな私が、余儀ない理由とはいえ、突然〝主夫業〟に携わらなければならないのだから、これはえらいことである。そうは言っても、とにかくやるしかないので、病院のベッドで、妻から家事のエキスの中のエキスだけを聞きかじり、危なっかしい手つきで包丁を握ったりした。

家事というのは、結構重労働で、手間と時間のかかる仕事である。ただ、主婦の場合は、長年の経験がものを言って、自分なりのマニュアルが確立しているので、傍目からは難なくこなしているように見えるが、実際にやってみると、大変さ加減がよくわかる。

こんな私の窮状を救ってくれたのは、子どもたちだった。小四の三女は別として、いつもは母親に甘えて、家事を手伝っている姿なんか見たこともない大学生の長女と高校入試を間近に控えた二女が、私より先に起きて、弁当を入れたり、洗濯をしたり、かいがいしく手伝ってくれるのである。性による役割分担論を決して肯定するわけではないけれども、現実の問題として、男の子ばかりだったらこうはいかなかっただろう。

妻の病室は六人部屋で、入院時には二つのベッドが空いていたが、両方ともすぐに老婦人によって占められた。A型肝炎の治療法としては、十分栄養をとって安静にしているのが最良らしく、午前中にゆっくりと時間をかけて点滴を受ける以外は、横になっているしかないのだ。その上、午後九時になるともう消灯で、それから長い長い夜を過ごさなければならないのは、苦痛以外何物でもないと妻はこぼす。けれども、自分でどんなに元気になったと思っても、毎週月曜日に行われる血液検査でGOTが五十以下に落ちない限り、退院の許可は下りないのだ。

二女の高校入試には、やはり心を痛めた。母親の不在から来る精神的な空虚感が、試験のできぐあいに微妙な影響を及ぼさなければと案じながら、試験当日の朝、「落ち着いてしっかりがんばって」と励ましの声をかけ、握手をして送り出した。

一週間後の合格発表の日には、私が直接志望校まで出向く。張り出された合格者の名簿の中に二女の名前を見つけたときは、本当にほっとした。万が一名前がなければ、直ちに滑り止めで合格していた私立高校の入学手続きに走るつもりだったが、その必要もなくなった。

私の〝主夫業〟の方は、子どもたちの助けを借りながら、何とか仕事と両立させていた。自分なりに家事の手順らしきものが少しはつかめるようになると、〝主夫業〟が必ずしも苦痛ではなくなっている。

入院から一カ月が経過して、妻にようやく退院の許しが出る。電話口から聞こえてくる弾むような声に、私もうれしさでいっぱいだった。

妻の存在は、本当に空気のようなもので、あって当たり前、ことさらそのありがたさに気づくことは少ない。しかし、突然いなくなってみると、毎日仕事を終えて家に帰ってきても、何か大切なものが欠けてしまった感じで、心底から和むということがないのだ。

そんな辛い一カ月であったけれども、私にとっては、得がたい経験だった。図らずも父と娘たちとの間に協力関係と対話の機会が増えたことで、お互いの理解が深まり、家族の絆がより強固になったのではないだろうか。

妻は退院してきてほどなく、主婦業に復帰した。入院中に醸成された家族全員の心豊かな生活への主体的な参画意識は、今もしっかりと根を張っている。

自治会長の一年間

事のいきさつから詳述すると長くなりすぎるので、省かせていただくことにするが、昨年（平成五年）度の一年間、はからずも、文字どおりはからずも、私は、住まいの存する野洲町近江富士第五区の自治会長を仰せつかることになって、地域社会活動に深いかかわりを持った。以下、自治会長としての一年間を振り返って、体験したことや感じたことの一端を綴ってみたい。

＊　＊　＊

まず、わが自治会の概要を紹介しよう。

野洲町にある自治会の数は、昨年度で五十九を数える。そのうち近江富士団地には、一区から六区までの六自治会（本年度からは七区が加わって七自治会）が存在する。それらが寄り集まって、さらに自治連合会を形づくっている。集合住宅はなく、全世帯が一戸建ての典型的な新興団地である。

わが近江富士五区の戸数は百四十戸で、自治会が発足してから、まもなく二十年の歳月が過ぎようとしている。住民は出身地こそ全国にまがたっているものの、大部分がサラリーマン（あるいは元サラリーマン）で、所得階層や生活のレベルからしても、比較的均質な人間が集まっており、新旧住民の混在によって生じるような問題は、全く存在しないと言ってよい。

百四十戸がさらに九つの班に分かれ、役員（班長と副班長）は、一年交替の輪番制となっている。私が属している六班は、十六戸からなっているので、八年に一回役員が回る計算になる。

毎年度九名ずつの班長と副班長で役員会を構成し、区長（自治会長）、区長代理、会計の三役のほか、環境衛生、体育文化、防犯交通、子ども会、会館運営のいずれかの職務について、自治会運営に当たる。

自治連合会の役員は、各区の区長および区長代理が務め、連合会長、副会長、会計の三役と各自治会の子ども会以外の委員会の長または副委員長の職に就かなければならない。ちなみに、私は、自治連合会では会計担当だった。

定例の役員会は、月一回第四土曜日の午後七時三十分から自治会館で開催される。会館には会合ができる和室が二つしかないから、あらかじめ土曜日ごとに各区の定例役員会の開催日が割り振られているのだ。

さらに、自治連合会の役員会も毎月第三土曜日開催と決められており、最低月二回の土曜日の夜は、自治会の用務で拘束を受けることになる。

もちろん、自治会長として出席を求められる会合等は、月二回の役員会にとどまるものではない。

まず、自治会長十二人からなる小学校区単位での区長会その他の集まりがある。昨年四月にオープンした町立の三上社会教育センターの運営を全面的に学区区長会が引き受けるという方針があらかじめ決まっていて、館長には学区区長会長が就任し、各自治会長が役員として管理運営に参画するというシステムがとられている。その役員会を兼ねて学区区長会が開かれることがたびたびであり、加えてセンターで開催される各種の行事や催しにも動員がかかることが多いので、出席は都合十五、六回にも及んだ。

次に、町区長会や町当局主催の会合または行事。これは比較的少なくて、年間で七、八回程度だった。このほか、自治会や自治連合会自身が主催する夏祭り、敬老会、同和問題の研修会（地区懇）などの行事や事前の打合せ、さらに年度末の新役員選びや引継ぎなどの会合への出席が二十回程度あった。

これらをトータルすると、自治会長として地域社会活動に捧げた日数は、一年間で延べ七十日にも達する。これにさらに自治連合会の会計の職務に費やした時間が加わることになって、改めてその日数の多さに驚いているが、ここまでは自治会長の本来的な職務に属することだから、いったん引き受けた以上は、最低限の責務という思いで果たしてきた。

＊　＊　＊

しかし、自治会長の職務は、実はこれでもまだ言い尽くしたことにはならないのだ。

自治会長の家の玄関には「公文書受け」と書かれた高さ五十センチほどの木製のポスト状のものが置かれる。毎週月曜日と木曜日の二回、役場から文書配送車が巡回してきて、この「公文書受け」にさまざまな文書やパンフレット、ポスターの類いが届けられる。まあ来るわ来るわという感じだ。全戸配布のものもあれば、班ごとに回覧するよう依頼のあるものもある。もちろん発信元が町であるとは限らず、県のもの、各種団体のものも混じっている。時には、目標額が定められている募金の依頼まで来ることがある。

私は県職員という職務上、行政事務委託料の交付と引換えに、自治会が行政の末端組織的な使われ方をしている実態や、それが問題視されていることを先刻承知しているつもりだったが、これほどまでにすさまじいものとは予想していなかった。いちいち数えはしなかったので、正確な数字はわからないが、年間百件は優に超えていただろう。

これらの文書の仕訳と各班長への配布、それに自治連合会会計帳簿の整理などは、平日にはとても手が回らないから、やむなく妻の手も借りて、休日に時間を割くことになる。中には、連合会会計の通帳へのお金の出し入れなど、休日にやりたくてもできないものもあり、こういう場合は、妻に頼むしかない。妻の全面的な協力がなければ、自治会長の職務を全うすることなど不可能だったと言い切ってもいいのではないか。

私も、行政がある情報をできるだけ金をかけずに全住民に周知させようとすれば、今のところ自治会組織の活用以外の有効な方法を見出せないというのが現実だと思うし、そのことを通じて、役員と住民の、あるいは住民同士の対話が深まる契機となるといったメリットも考えられるので、自治会委託をただちに廃止すべきだとは思っていない。

そうは言っても、自治会というものは、あくまで住民が自分たちの地域をよりよくするために自主的に作っている組織なのだから、そのことを常に忘れてはならず、現状は、行政が自治会に対し甘えていると言われても否定できない部分があるのではないか。

今のままでは、自治会長にかかる負担は大きく、他府県で行政事務の委託を返上しようという運動が取り組まれている例もあるやに聞いている。滋賀県でも、旧来のムラ的地縁社会の中へ新住民と呼ばれる人がどんどん入ってきている状況があり、何か工夫しないと、早晩自治会への委託システムが機能しなくなるおそれがある。自分が県職員であるだけに、複雑な思いにとらわれる。

*　*　*

私が自治会長を務めた一年間、特に大きな問題やトラブルが発生しなかったことは何よりだった。最低限の職責を果たすのに精一杯で、取り立てて成果と言えるようなものは何もないが、自分なりに印象に残ったことが何点かある。

まずはじめに、十七の地区の対抗で覇を争う学区民運動会で、V奪還を果たしたこと。わが自治会は、新興団地にありながちな疎遠な人間関係とは一味違って団結力が強く、何か事があれば大いに燃えるところがある。

一年前には二位に甘んじたので、区民一同が競技に、応援にと大ハッスルして、見事優勝旗を再び手中にした。この日の競技の模様は、「近江富士五区　優勝への道」というタイトルでビデオに編集し、その夜の祝勝会の肴になった。

二つ目は、同和問題地区別懇談会（地区懇）を二回、多くの区民の参加を得て開催できたこと。野洲町では同和問題や人権問題の啓発のために、地区懇の開催に力を入れているが、従来は、型通りの開催案内の回覧はあっても、一般区民の参加はほとんどなく、役員中心の地区懇というのが実態であった。同和問題の学習（研修）会の実を上げるためには、一人でも多くの人に足を運んでもらうことが何よりも大切と考えて、同じやるのなら区民ぐるみの地区懇をやろうと役員会に提案した。参加目標人員を総戸数の二分の一の七十人と定め、各班長さんには、執拗なまでの戸別訪問をお願いした。

その結果、九月に開催した第一回地区懇には目標数どおりの七十人、三月の第二回は少し減ったものの六十人の参加者があった。いずれも四つのグループに分かれての意見交換中心の内容だったが、近所に住みながらおそらくはじめて言葉を交わす人も大勢いるなかで、時間が足りなくなるほど活発な話し合いが持たれたのはうれしい誤算だった。

三つ目は、新しい趣向をこらしたりして、夏祭りを盛大に開催できたこと。夏祭りは、五区自治会の最大のイベントとして、毎年八月下旬の土曜日ないし日曜日にビアガーデンにカラオケというスタイルで開催されているが、今年は参加者をさらに増やすために一工夫できないかと役員会で協議をし、班対抗のカラオケ合戦とビール早飲み大会を新たに取り入れることになった。これが大いに受けて雰囲気は盛り上がり、延べ二百四十人もの参加者を数えることができた。

唯一悲しい出来事は、ある役員の小学五年生になるご子息が少年野球チームの練習中に倒れて急死されたこと。今まで経験したことのない悲痛な告別式だった。

＊　＊　＊

ゆとりやバランスを重視するライフスタイルへと人々の価値観がシフトしつつあるという社会的な背景の中で、県職員にあっても、地域社会活動への参画ということが最近特に強く求められてきている。しかし、その掛け声の割には、参画を促すような条件整備がまだまだ進んではいないのではないか。

問題点の一つは、現職の仕事と両立させるには、自治会長の職務に負担がかかりすぎることであり、もう一つは、地域社会活動への参画に際し、心置きなく休暇がとれるようなシステムが確立していないことである。

私の場合は、幸というべきか区民にとっては不幸というべきか、仕事と自治会長の職責がまともにぶつかりあってにっちもさっちもいかなくなるというような場面に遭遇しなかった（強いて言えば、休日に議会の答弁協議があって、自治会の会合と重なったことくらいだ）ので、深刻なジレンマに陥ることはなかったが、地域のために力を尽くせば尽くすほど、仕事との板ばさみに悩むことになるだろう。

ところで、自治会運営に関して常々疑問に思っていることが一つある。最近は女性の社会進出が盛んだし、ボランティア活動や文化活動への参画も活発である。地域への密着度という点でも、男性より女性の方が数段強いと思われるのに、なぜ女性の自治会長がいないのか。少なくとも野洲町では、五十九人の自治会長全員が男性であった。

自治会長ならずとも自治会の役員ですら、規約に世帯主に限るというような規定は見当らないのに、男性の名前が並んでいる。夫が単身赴任等でもっぱら奥様が役員会に出ておられるような場合でも、名義は夫なのである。婦人会というような女性だけの組織も結構だが、女性が自治会長やその他の役員にどしどし就いて、名実ともに自治会の運営そのものに参画していただけたら、自治会活動に新たな展望が開けてくるのではないかと思う。また一方で、それを促すようなしかけづくりもぜひ必要だろう。

＊　＊　＊

自治会長としての一年間は、家族にも負担をかけ、しんどい思いをしたけれども、過ぎてみればば貴重な体験をさせてもらったという思いでいっぱいだ。何といっても一番大きな財産は、いろいろな人との新たな出会いがあったことである。同じ区内でも今まで言葉を交わしたことがない人がたくさんいたのに、役員の皆さんはもちろん、多くの区民の方と顔見知りになった。区外となれば、知っている人は県職員くらいという状態だったのに、職場とは一切かかわりのない多くの人達とのつながりができた。自治会長を辞した後も、五区自治会をはじめ、学区区長会、自治連合会のメンバーでそれぞれ親睦会ができ、随時相集うことが決まっている。

自ら役員を買って出る人が皆無という現状では、役員全員が一年間ですべて交替してしまう現在のシステムでやむをえないのかもしれないが、今までは、役員の任期を終えるとたんに自治会活動に対する関心が薄れてしまうということになりがちであった。私も自治会長の職務から解放されて、ほっとしているのは事実だが、これからは一年間の経験や自分が持っているものを生かし、一住民として地域社会活動に積極的に参画していきたいと心に決めている。

父の処女作

　普段はどちらかというと照れ屋で口数も多くない父だが、いったん酒が入ると舌の回りが滑らかになり、若かりし頃のことをよく語った。繰り返し聞いて印象深い話もあれば、一回きりですっかり忘れてしまっている体験談もある。父の心の内に秘められたまま、口に出されたことの無い話だってあるだろう。

　いずれも父の長い人生での一断面であり、実際にその場に居合わせていない私たち三人の息子にとっては、それを時系列的に組み立てて理解するのは困難であり、時間の経過につれて記憶の外へと追いやられる運命にあることが十分予感できた。

　平成六年八月に七十四歳という高齢で、宿痾《しゅくあ》であった痔疾の手術に踏み切った後の父の経過が思わしくなくて（今はすっかり元気を取り戻しているが）、入院が長引くという状況のなかで、いずれは両親と別れを告げる時が来るのだという思いが、にわかに実感として私の胸に迫ってきた。それ以後、両親が健在で居てくれる間に、長男として何とか感謝の気持を形に表したい、喜んでもらえることがしたいという願いが募るようになった。

何ができるか思案しているうちに、これまで断片的に聞いてきた父の生涯の各ページを綴り合わせ、一代記として記録に残せないかということに思い至った。そこで、私の質問に答える形で、改めて父の話を聞き出して録音をし、後にテープ起こしと文章化の作業を行おうという作戦を案出した。

平成七年のお盆に帰郷した際に、父を説き伏せて早速取材を開始した。手始めに、今まで耳にした回数が最も多い戦争体験についての質問をぶつけてみた。アルコールが全く入っていない状態での口述は、どうも勝手が悪いのか、父の受け答えは途切れがちになる。しかも、私がいちいちメモを取りながら、細部まで根掘り葉掘り聞き返すものだから、時間をかけた割にはいくらも進まず、やむなくまた日を改めることにした。

とりあえずその日に聞き取ったことは私が文章化し、ワープロで打って父に送った。併せて、意味が分かりにくい箇所や書き足してほしい部分についてメモを書き添え、全体にわたって加筆・修正を頼んだ。

その後、次の取材の機会が無いまましばらく間があいて年末になったので、電話で様子をうかがってみると、母から思いがけない言葉が返ってきた。「お父さん、自分で原稿を書いてやはるみたいやで」

明けて平成八年の正月、私は都合で実家へは帰らず、両親がわが家へとやってきた。その折に父は、「やっとここまで書けたわ」と言って、鉛筆書きの四百字詰め原稿用紙二十余枚と、以前私が送ったワープロ原稿に筆を入れたものをカバンの中から取り出した。

母は、現在、シルバー人材センターで賞状の筆耕を頼まれるほどの技量の持ち主であるが、時計商を営み、機械いじりや大工仕事が得意な父はというと、これまで字を書いたのを見たのは数えるほどしか無い。ましてやまとまった文章となれば、いまだかつて接したことは皆無である。その父が生まれて初めて書いたといかにも照れ臭そうに差し出す原稿を手に取ると、初めは信じられない気持が「おやじ、やるじゃないか」という感嘆の心に変わっていった。自ら執筆してくれるのなら、わざわざ取材にテープ起こしという面倒な方法を選ぶ必要など無かったのである。

さっと目を通すと、句読点が少なくやや読みづらい箇所もあるが、書き直した跡はほとんど無く、一つの升目を一つの文字できちんと埋めたきれいな原稿である。達筆とは言えないまでも、決して悪筆ではない。

ただ、通読してみると、基本的な文章構成や用字の点で一部明らかな誤りも見受けられたので、父と相談して、原文の意図や趣旨を損なわない限度で私の方で手を入れ、ワープロで清書することとした。

終戦以降の後半部分の執筆が遅延して、ちょっとやきもきしたが、ちょうど一年後の今年

（平成九年）の正月に実家へ帰省した際、新たに書き継がれた三十枚足らずの原稿を受け取ることができた。

　折しも平成九年の十二月に結婚五十周年の金婚式を迎える両親に、この父の自分史をきちんとした本にして贈りたいという気持が作業の過程で芽生えていた。妻や弟夫婦と相談し賛同が得られたので、父にその旨伝えると、はにかみの表情を見せながら、内心ではまんざらでもなさそうだった。

　かくして、ワープロで打ち上がった父の処女作、「わが振り子人生」という題名が付いて六十二ページの本になり、百部刷り上がった。三組の息子夫婦と六人の孫たちが集まって近々開く「身内で金婚式を祝う会」の場で、にぎにぎしく贈呈する手はずになっており、私の喜びもひとしおだ。

私だけの理髪店

何かの話のついでに、結婚してから一度も理髪店に行ったことがないと言うと、一様に怪訝な顔をされる。もちろん、どんなに不精な私でも、髪を全く切らないなどということはありえない。文字通り理髪店へは行ったことがないというだけのことなのだ。しからばどうしているのかと言えば、もっぱらわが配偶者が開設する私専用の床屋さんの世話になっているのである。

もともと妻が理髪の技能に習熟していたわけでは決してない。夫婦揃って何事に対してもチャレンジ精神旺盛だった新婚の頃に、やってみようかと思い立ったことが、今もって続いているのだ。

私は子どもの頃から、床屋に行くのが好きではなかった。鏡に映る等身大の自分の姿と対峙しながら、小一時間静止していなければならないのは、苦痛以外何物でもなかった。動いてはいけないと意識すればするほど、鼻の頭が急にむず痒くなってきたり、つい頭が少しずつ傾いてきたりして、何度も元に戻された。その点、家でなら気分的にうんとリラックスできるのがまずい。

もう一つは経済的な理由。地方公務員になって二年を待たずに結婚した、当時の私の薄給ぶりは推して知るべしで、散髪代だって馬鹿にならなかった。これを節約できれば、いささかでも家計の足しになる。こう考えて妻に提案に及んだのである。

家庭で理髪を行おうとすれば、最低限の道具は揃えなければならない。カットばさみに梳《す》きばさみ、レザーカット用剃刀《かみそり》、首から垂らす理髪用の覆いなどを一通り買い揃えたうえで、狭小な職員住宅のテラスに出した椅子に腰を下ろして、わが頭髪の帰趨《きすう》を妻に託した。

初めてやってもらうときは、さすがに内心穏やかではなかったが、途中で何度も中断して注文を出したり、アドバイスをしたりして、どうにかこうにかかっこうがついた。これを二、三回も続ければ、十分元は取れるぞと喜んだ。

この妻の理髪店の最大のセールスポイントは、当方の微に入り細にわたる注文をいちいち聞いてもらえることだ。一通り終えた後、合わせ鏡で後頭部を点検し、さらに手で裾の長さを確かめて、少しでも気に入らない部分があると、何度でも手直しを申し出る。町の理髪店ではさすがにこうはいかない。初めにある程度の希望を言うことができても、あとは理髪師さんに任せ切りになるのが常だ。

それに、普段は切れ切れになりがちな夫婦水入らずの対話の時間がまとまって持てることも、家庭理髪ならではの効用だ。耳元で快く響くカットばさみの刃擦れの音を聞きながら、妻ととりとめもない世間話に花を咲かせるのは、なかなか乙なものである。

私たち夫婦は、今年の春には結婚二十五周年の銀婚式を迎えた。その間一度の休業もなく続いている妻の理髪店だが、途中何度かピンチはあった。

今は社会人になっている長女が伝い歩きを始めた頃、どうにも手を離せなくて困ったことがある。なんとか眠っているうちにと始めようとするのだが、そういうときに限って何か感じるところがあるのか、すぐに目を覚まして泣きだす。最後の手段として、子どもを歩行器に入れ、顔は見えても近寄れないように工夫し、はさみを動かす一方で子どもをあやすという離れ技を妻に演じさせることで、どうにか難局を切り抜けることができた。

五年前に妻が急性肝炎で入院を余儀なくされたときも、大ピンチだった。たまたま散髪をしてもらった直後の入院だったので、次の散髪の時期までに退院することができて事なきを得たのは、幸いというしかない。

長年の実技経験が物を言って、妻はすっかり腕を上げ、いつのまにか櫛《くし》を巧みに操って滑らかにカットしていく技能を習得した。もちろんこれまでに小さな失敗は何度かあり、プロの理髪師の技術のレベルには及ぶべくもないけれども、私にとっては、頭の形も髪の性質もそれぞれ異なる多人数を相手にしている町の理髪店より、ますます信頼に足る頼もしい存在となりつつある。

最近では、若い頃に比べると、一回の散髪で切り落とす髪の総量が減り、漆黒の中に少しずつ白いものが交じるようになった。これから先、もっともっと白さが増しても、私はずっと、妻の理髪店の唯一の顧客であり続けたいと念じている。

私が切手少年だった頃

私が初めて切手に興味を持ったのは、確か小学校三年生の頃ですから、以来四十年もの歳月が流れたことになります。これには多分に父の影響があったと思います。

父は少・青年時代に少し切手を集めていたことがあったようですが、その後中断し、折から沸き起こりつつあった切手ブームの流れに乗って、収集を再開したのでした。収集といっても今にして思えば、日本の記念切手だけを発行の度に数枚ずつ買ってきてストックブックにため込むという、ごく素朴で最もポピュラーといえる楽しみ方でした。

父のストックブックの中に少しずつ増えていく色とりどりの切手（確か「世界柔道選手権」

あたりから後のものが揃っていました）を目のあたりにして、子ども心に自分も集めてみたいと思うようになりました。それに火を点けたのが切手をおまけにしたあのグリコの販売戦略です。

グリコ（グリコにはもともとおまけが付いていたので、アーモンドグリコではなかったかと思うのですが）を買うと、実物の切手かラッキー補助券といって一定の枚数を貯めて会社へ送ると外国切手のセットがもらえる引換券が入っていました。新聞広告を使って大々的に宣伝もされたので、あっという間に日本中を切手ブームが席巻するようになりました。

私の通っていた小学校でもご多分に漏れず、男の子の間で切手集めがはやりだしました。学校へストックブックを持参して自慢する子もいましたし、学校が引けた後、ストックブックを小脇に抱えて友達の家へ行き、お互いの収集品を見せ合ったり、交換したりしたものでした。

父の同業者（時計商）で仲の良いTさんの私より二つ年上の長男は、違う小学校だったにもかかわらず、当時の私にとっての最良の切手仲間であり、ライバルでもありました。私は切手収集に関して、彼からいろいろと刺激を受けたことは間違いありません。

私は小遣いの多くの部分を、十円ないし二十円のアーモンドグリコを買うのに費やしていました。目的はもちろんキャラメルよりも、景品として付いている切手や引換券でした。切手は大部分が小型サイズの日本や外国のありふれた普通切手で、評価としては低いものばかりでしたが、私にとってはかけがえのない宝物でした。現在の私の日本の普通切手のリーフには、当時アーモンドグリコの景品で手に入れたものが一部残っています。

時に「特別切手の贈り物」と称して、外国の大型切手が入っていることがありました。また、ラッキー補助券を一定枚数集めて郵送すると、動物や花を描いた美しい外国切手のセットが送られてきました。こうして日本の切手だけでなく、外国切手も少しずつたまってきました。

私が初めて郵便局へ出向いて買った記念切手は、「関門トンネル開通記念」だったと思います。友達と一緒にいつもより早く起きて郵便局に行き、長い行列にびっくりしながらやっと買い求めた記憶があります。

その後は、郵便局まで行って記念切手を買うことは少なくなりました。その訳は、切手やはがきの販売もしている近所のたばこ屋のおばさんが、記念切手の発行の度に父と私の分をとっておいてくれるようになったからです。

当時私が住んでいたN市は、人口五万人足らずの小さな町で、市内には趣味の切手を専門的に取り扱う店はありませんでした。それでは買える店が全く無かったかというとそうではなく、副業的に切手を売っている店を二軒知っていました。

その一つは、B堂という本屋さんです。たくさんの本が並んでいる棚の一角に、趣味の切手コーナーがあって、セロファンや硫酸紙でできた袋に切手を入れて値段を付け、何枚もの厚手の紙に貼りつけてありました。ほしい切手があれば袋ごとはがし、レジでその代金を払うのでした。

当時私が親からもらっていた小遣いは、せいぜい月四、五百円程度でしたから、どんなにほしいと思う切手があっても、少し値が張ればもう手が出ませんでした。一枚五十円くらいが購入できる限度だったのではないでしょうか。

もう一軒はS商店といって、本業はトランプや花札などのゲーム類や印鑑などを取り扱っている店なのですが、ここにも切手を売っているという情報が友達から入り、私もしばしば足を向けるようになりました。

この店のご主人は、自ら切手を収集されていて、どこまでが収集品でどこからが商品なのか判然としていなかったような覚えがあるのですが、いわゆるルレット目打ちの五重塔をはじめ、この店で何枚かの切手を買ったのは確かです。ご主人からいろいろと楽しい切手談義を聞かせてもらえるので、私のような切手好きの少年が三々五々集まってきて、一種独特のサロンのような雰囲気を醸し出していました。私はここで、切手はピンセットで扱うことや水はがしのこと、さらには目打ちや透かしのことなどを教えてもらいました。

もしも自分が都会に住んでいれば、たいていのデパートには切手売場があって、いつでも買いに行けるのにと、ずっと都会の子どもに羨望の気持を抱いていました。たまに父に京都や名古屋へ連れていってもらったときなど、帰りがけに一目散に駅近くのデパートの切手売場へ足を向けたことが思い出されます。

切手商の通信販売を利用するようになったのは、小学校の高学年になってからだと思います。当時の少年雑誌には、切手商の広告が幾つも出ていました。

何社かの切手商に対して広告を見て直接注文したり、販売カタログを請求したりしましたが、最もよく利用した店は、日本切手では「蒐集の友社」、外国切手では「切手収集普及会」ではなかったかと思います。今では、両社ともその名が消えてしまっているようで、廃業されたのか、店名が変わったのか、はたまた他の店に吸収されたのか、消息は定かではありません。

蒐集の友社では、「ビードロ」をわずか四十円で買うことができて、うれしかったのを覚えています。「月に雁」と「見返り美人」も一時値を下げて、三百円台になったことがありました。それでも当時の私にとっては大金で、つい買いそびれてしまいました。その後現在に至るまで、入手できないままになっており、あの時思い切って買っておけばといまさらながら悔やまれます。

切手収集普及会では、少年雑誌の広告を見て、未整理混合品二百種と称するセットものをわずか九十円で買ったのが最初です。インドの地図を描いた小型の普通切手やアメリカの自由の女神の切手など、同じものが何枚も入っていて、珍品がざくざくという宣伝文句とは程遠くがっかりしました。

しかし、その後、毎月発行される写真入りの販売カタログが送られてくるようになり、ちょくちょく利用するようになりました。

外国切手は、はじめ動物を描いた切手を集めようと思い立ちましたが、発行される種類があまりにも多く、とても手に負えそうにないことが分かったので、収集のテーマを変更することにしました。

折しも世界初の人工衛星スプートニク一号が打ち上げられ、ソ連から同図案色違いの二種類の記念切手が発行されました。重厚な雰囲気の大変いい図案の切手で、私はすっかり気に入ってしまいました。また、ちょうど国際地球観測年ということで、共産圏を中心に各国から人工衛星や宇宙をテーマにした切手が続々と発行されました。いずれも私の好みの切手でした。

私は、宇宙切手なら歴史も浅く、古い高価な切手もほとんど無いので集めやすいのではないかと思いました。それに、夢とロマンに満ちていて、これからどんどん発展していくジャンルだと思い、トピカルのテーマとして宇宙切手を収集することに決めました。宇宙切手については、ほとんど「切手収集普及会」の月例販売カタログで買い求めました。と言っても、一回の注文が五百円を超えることはまずありませんでした。

切手ブームが沸き起こった頃、朝日新聞社からバンビブックという生活文化をテーマにしたシリーズ本の一冊として、「切手集め何でも号」が出ました。早速父に買ってもらって読みふけりました。アルバムへの整理の仕方、消印、透かし、目打ちなど、テーマごとに島津安樹朗《あきお》氏をはじめ第一級の収集家・研究家が執筆されていました。

私は、切手に関するおよその知識を、先に述べたS商店のご主人とともに、この本から習得したように思います。繰り返し読んだので、最後は表紙がちぎれ、ぼろぼろになったページもありました。子どもの頃の集中力は凄いものだと、いまさらながら感心します。

しかし、本で必要な知識を得たにもかかわらず、必ずしも実践には結びつきませんでした。日本の普通切手と宇宙切手は、京都のデパートで買ってもらった紐綴じ式のルーズリーフアルバムに、ヒンジを使って曲がりなりにも整理するようになりましたが、日本の特殊切手はずっとストックブックに収めたままでした。

中学に入ると、私と同じように切手収集が趣味で家も比較的近いY君と親しくなりました。彼とは一緒の通信販売を利用して切手を注文したり、初日印を得るため、記念切手の発行日にその切手を貼った封筒を出し合ったりして、互いに刺激を受け合いながら、コレクションの充実を図っていきました。

しかしながら、このように熱心に切手を集めてきたのも中学時代までで、高校に入学した頃から急速にその熱が冷めてきました。その原因の第一は、やはりあの受験戦争のせいだと思います。切手なんかにかかずらっている場合ではないという追い詰められた気持が、しだいに私を切手から遠ざけていったに違いありません。いつしか新発行の記念切手も買わなくなり、一冊の紐綴じのアルバムと四、五冊のストックブックは、本棚の隅に押し込まれたまま長い眠りに入ってしまいました。

鉄道切手の魅力

私が切手収集を再開したのは、昭和六十年頃である。年齢も三十代の後半に差しかかり、仕事で多忙な毎日を送りながら、三人の娘を育てるのに汲々としていたが、だからこそ逆に心のゆとりを得るために、囲碁以外にも打ち込める趣味を求めていた。

そんな折にスタンプマガジン誌創刊の新聞広告を見つけた。かつて心をときめかせた恋人に再会したような気持になって、見本誌を送ってもらい、定期購読を始めるとともに、長らく忘れたままになっていた切手収集に再び熱を入れるようになった。

子どもの頃は、完集が容易ということで、宇宙切手を主たる収集テーマにしていたが、二十年もの間道草を食っているうちに、宇宙開発に全く関係のない国からラベルまがいの切手が大量に発行されるなどして、宇宙切手はおびただしい数に膨張していた。デザイン的にも魅力が乏しくなって、私の関心は宇宙切手から遠のいていった。

宇宙切手に代わってずっと夢中になっているのは、鉄道切手である。

私が生まれ育った長浜は、現存する最古の鉄道駅舎があることでも知られている。だからと

地域の文化祭に「地下鉄切手」を出展（平成 18 年 11 月）

いうわけではないが、私は小さい頃から汽車が好きだった。汽車を見るためによく駅や線路の近くへ行った。特に、北陸線の電化が完成して一番電車が走った時の長浜駅の賑わいが、今も印象深く思い出される。

学生時代以降も汽車の旅が好きで（どちらかと言うと、行動派よりも書斎派だが）、宮脇俊三氏の手になる鉄道紀行ものは、私のこよなく愛する座右の書となっている。

そういう鉄道好きの私と、切手収集を再開した私という二つの座標軸の交点が鉄道切手ということになるが、私が鉄道切手収集に入り込んだ直接のきっかけは、『世界の鉄道切手図鑑』（昭和五十五年毎日新聞社刊）との出会いからである。

私は、東京への出張の帰りに立ち寄った書店で偶然見つけたこの本によって、魅惑的な図案の鉄道切手のとりこになってしまった。少々高価ではあったが、思い切って購入したこの本を家で繰り返し眺めるとともに、鉄道切手収集をスタートさせた。その後、㈶日本郵趣協会鉄道切手部会にも入会し、会報等でいろいろな情報を得ながらリーフづくりに励み、小遣いの範囲内でぼちぼちと収集を楽しんでいる。

そこで、いささか我田引水になって恐縮だが、鉄道切手の魅力について私見を述べたいと思う。

一、図案がバラエティに富んでいること。

一口で鉄道切手と言っても、その対象はメインの機関車だけでなく、客車・貨車などの車両、線路・駅舎・トンネル・橋梁・信号機などの施設、鉄道連絡船、馬車鉄道・路面電車・地下鉄道・登山鉄道、さらに鉄道功労者の肖像や鉄道従業員の姿、鉄道路線図などまで収集範囲が多様な分野に及び、バラエティにとんだリーフづくりが楽しめる。

二、魅力的な図案のクラシック切手が多く存在すること。

世界で最初の鉄道切手は、一八六〇年に英領ニューブランズウイックで発行された一セント切手で、日本の竜切手発行よりも十年も古いものだ。また、一八七一年発行のペルーの機関車と紋章の切手は、世界最初の記念切手と言われている。このほか十九世紀中に既に魅力的な図案の切手が多く発行されており、時間的な面での広がりを持っている。

三、各国の歴史や地理と併せて楽しめること。

切手に描かれた鉄道車両や鉄道施設から、また地図と併せ見ることで、各国の鉄道の姿や鉄道の歴史、さらに地理的な様子が想像されて興趣が尽きない。

このように私にとって魅力的な鉄道切手だが、最後に、近頃流行している困った現象を一つ。それは、宇宙切手と同じく自国に鉄道が無いような国で、世界の機関車シリーズと称したり、国際切手展を記念したりして、明らかにマニア向けに大量の鉄道切手が発行されることだ。私は、基本的には自国の鉄道に関する切手を収集対象とすることとして、これらの乱発切手には目を向けないと心に決めている。

5 囲碁に魅せられて

三段免状獲得記

日本棋院から待望の「三段免状」が送られてきた。大高檀紙という特製の和紙に、理事長坂田栄男《えいお》氏のほか三人の審査役、趙治勲《ちょうちくん》、藤沢朋斎《ほうさい》、橋本誼《よしみ》各氏の自筆の署名が認められている。碁を打たない人にとっては、ただの紙切れに過ぎないかもしれないが、碁をこよなく愛する者にとっては、どんな高価な物品にも代えがたい至宝である。

私はこの免状を去る一月八日(昭和五十九年)に滋賀会館で開かれた「滋賀囲碁フェスティバル」で獲得した。この大会は京都新聞社の主催で、参加料は三千円と少々高いが、四連勝すれば無料で四段までの申告段位の免状がもらえるというアマ棋客にとってはすこぶる魅力のある大会なのである。

私は今度こそと心に誓って、三段戦に出場した。というのは、過去四回連続（当滋賀囲碁フェスティバル二回と読売の段級位認定大会二回）して三勝一敗に泣いているからだ。三勝ならば半額で免状がもらえるが、私は断固拒否してきた。何としても無料で免状を獲得したいという思いが強く、今回は三度目の正直どころか、五度目の正直を狙っての三段挑戦であったのだ。

どの試合も重要には違いないが、とりわけ初戦は緊張する。初戦で勝つか負けるかによって、後の楽しみが全く違うからだ。

この日の初戦の相手は県警本部の本吉護氏。握って私の白番。立ち上がりはどうということもないありふれた布石であったが、小ゲイマシマリから辺の方へヒラいているところへドカンと打ち込まれてから急に乱戦の様相を呈してきた。しかし、相手のサバキが若干重く、黒石数字を取り込んではっきりと優位に立った。その後も敵はあれこれと策動してきたが、手堅く応接し、最後には逆に黒の中央の大石を葬って中押しで勝った。

第二戦は年配の上野文一氏と対戦。調子よく攻めていた石に逃げられて地合いが怪しくなったと思ったが、気を取り直して得意のヨセで追い上げて二十二目半勝ちを収めた。

第三戦は、この日の対戦相手中唯一の二段で、二連勝と好調の杉本健雄氏と当たる。この碁は私の大苦戦で、勝負手も奏功せずかえって傷を深くする羽目になった。もはやこれまでと諦めかけた瞬間、相手に大ポカが出た。先手で一目もうけるためにダメを詰めたのが大変で、取り込まれていた一子に手が生じてしまったのだ。

結果はコウになったが、もちろん私の花見コウ。コウ材自慢の白は、逆に黒三子を取ることになって大逆転。地獄の底から這い上がってきたような勝利だった。

終盤にポカを打ってあたら好局を今まで何度落としたか数知れないが、逆に相手のポカに助けられて勝利が転がり込んできたことも一度や二度ではない。われわれクラスの碁では、逆転はむしろ当たり前といってもよく、それだからこそ、プロには味わえない悲哀と痛快さを体験することができるのだ。

いよいよ最終の第四戦。これに勝てば免状を手中に収めることができるとあって、緊張感はいやが上にも高まる。適当な相手がなくて少々待ちぼうけを食った後、指定された対戦者は竹本元瑞氏。プロ棋士を思わせる名前の氏は、ここまでこれまた三連勝と好調である。

この滋賀囲碁フェスティバルで打たれた碁のうち何局かは、京都新聞の夕刊紙上で大石地方棋士四段の解説により紹介されることになっているのだが、私の第四局も新聞に掲載するために棋譜を採るという。みっともない碁を打ちたくないという気持と何としても勝ちたいという気持が合わさって、緊張感を倍加させる。

握って私の黒番。五目半というコミがあるから、黒番でも白番でも条件は同じのはずだが、私はやはり黒番の方が打ちやすい。自分である程度の布石の型を選択できるからだ。

この碁では、私は第一着を右上隅星に、第三着を右下隅小目に打って高い中国流を志向した。布石が不得意な私としては、まずまずの布陣が敷けた。

互いの模様が拮抗するような形で迎えた中盤、このままでは足らないとみた白が爆弾を投下してきた。その一団の石は活かしたものの、それによって形成した厚みを利して上辺に打ち込んで白の一子を取り込み、地合いは依然優勢(と、そのときはみていた)。

ところが、後日新聞に載った解説を読むと、黒陣に打ち込んできた白の一団を取る手段があったのだ。取れる石を取らなかったのだから、私の打った手が大ポカであると酷評され、まずまずの内容であると自画自賛していた私はガックリときた。

それはともかく、最後まで打って盤面で七目、コミを引いて辛くも一目半を余すことができたときは、飛び上がりたいような気持になった。何度も挑戦して今一歩のところで逃し続けた三段免状をようやくここに獲得できたのである。

私が碁を始めたのは県庁に就職してからで、最初は有段者などというと雲の上の存在であり、生涯を通じて初段にさえなれればよいと念じていた。しかし、案外容易に初段格まで達すると、究極の目標を三段位に置いた。

そして今、その目標の三段の免状をも手にしたのだが、私はこれで満足とは思っていない。免状の有無は別にして、どんな大会へ行っても、二、三段クラスというのは出場者が最も多く、そんじょそこらにいくらでも転がっているのだ。

朝日新聞のアマ十傑戦や毎日新聞のアマ本因坊戦で入賞するような少しは強い打ち手と言われるためには、少なくともどこへ出ても通用する五段にはならなければならない。

三段と五段、あと二目強くなればいいと言ってしまえば簡単だが、私には至難のわざである。けれども次の目標はあくまで五段に照準を合わせて、たとえ半目でも三分の一目でも強くなるようにがんばりたい。

ヨミとヒラメキ

プロ、アマを問わず碁を打つ人は、二つのタイプに大別できる。ヨミを重視する人とヒラメキ(感覚)に頼る人である。

現在のプロ碁界に目をやると、前者の代表が趙治勲、林海峯《りんかいほう》、石田芳夫あたりだろうし、武宮正樹、藤沢秀行、梶原武雄などは、典型的なヒラメキ派と言えよう。坂田栄男、大竹英雄、加藤正夫、小林光一などもどちらかと言うとヒラメキ派だろうが、ヨミ派的要素も持っている。

囲碁史に残る妙手や鬼手の類が放たれる可能性が高いのは、断然ヒラメキ派である。反面、悪手を打つと自分自身に嫌気がさして、さっさと投げてしまうこともよくある。

ヨミ派は、度肝を抜くような手はめったに打たない。派手さはないが、打たれ強いからなかなか潰れたりしない。我慢と粘りによって悪い碁をひっくりかえすのは、ヨミ派の専売特許である。

素人が見ておもしろいのは、もちろんヒラメキ派の碁である。最初からコミを意識したような打ち方は、どんなに玄人好みであっても、素人受けはしない。

さて、この私だが、厚顔を承知で強いて分類を試みれば、ヨミ派に属するのではないかと思っている。我ながら感覚の悪さはひどいもので、手の見えないことおびただしい。時間をかけて読むことで少しは弱点をカバーしているが、感覚のよい人なら初めから考慮の対象にならない手まで浮かぶので、すこぶる思考の効率が悪い。そのため、つい時間を多く使ってしまい、しばしば一手三十秒の秒読みの洗礼を受けることになる。

考えてみると、ヨミ派とヒラメキ派の分類は、単に碁の世界だけでなく、もっと広く人の生き方にも当てはまるのではあるまいか。

堅実を旨とする人生もあれば、浮き沈みの激しい人生もある。どちらがよいかは、個々人の人生観によるだろう。世間からは「休まず、遅れず、働かず」と陰口をたたかれている我々公務員は、さしずめヨミ派の典型であろう。派手さ、華麗さには欠けるが、食いはぐれはまずない。まじめに働いていれば、途中で潰れることは考えられず、ダメを詰めるところまで打って作り碁になる。それに反して、芸術家、歌手、プロスポーツ選手などは完全なヒラメキ派だ。

現在のところヨミ派の人生を歩んでいる私は、一方でヒラメキ派に対する憧憬の念はすこぶる強い。ヨミ派であることを基調にしながらも、クロスオーバー的にヒラメキ派でありたいというのが、私の密かな願いである。

宇宙流

　プロ棋士の中で誰が好きかと聞かれれば、あえて武宮正樹十段の名前を挙げたい。人柄のよさもさることながら、私とまるで異なる棋風であるが故に（実力では天と地の差があるが）、羨望にも似た憧れを抱くのだ。

　武宮の流儀を、人は「宇宙流」と言う。あるいは、彼のことを「ロマンの棋士」と呼ぶ。誰の命名か定かでないが、いずれも言い得て妙である。

　碁の試合は、縦横十九本ずつ引かれた線の交点に、黒石と白石を交互に一個ずつ打ち下ろすことによって進行する。この交点は、全部で三六一個しかない。しかし、その変化の多様さは、宇宙空間に存在する恒星の数にも匹敵すると言われている。もちろん今まで、一局として同じ碁ができたことはないし、黒石と白石をわずか十個ずつも転がせば、もうかつて誰も辿ったことのない未知の世界へと入って行かざるを得ないのである。

　この辺の特性をしんしゃくすると、碁というゲームそのものが多分に宇宙的であるのだが、武宮が特に「宇宙流」と称されるのには、それなりの理由がある。

碁における地は、まずもって隅を大事にし、それから辺へ、最後に中央へと発展すべきものという考え方が今日まで支配的であり、常識となってきた。ところが武宮は、旧来の常識に果敢に挑戦し、独自の新しいスタイルを作り上げた。

彼は、特に黒番のときは、隅の地など見向きもせず、ひたすら中央を志向する。中原に大模様を張り、中原の経営に専心する。この雄大な構想力と宏大無辺の宇宙に立ち向かう人類の探究心との類似性を発見し、人をして彼を「宇宙流」あるいは「ロマンの棋士」と呼ばしめているのであろう。

何事においても、人の真似をするのは容易だが、独自のスタイルを創出し、それを万人が認めるまでには大変な努力と苦労を要する。しかも、碁のような勝負の世界では、まずもって勝つことが絶対の命題となるから、新しい型や発想が生まれる可能性は、他の芸術や科学の分野と比較して格段に小さいと言っていいだろう。どんな斬新な発想でも、負けてばかりいては何もならないからだ。

ところが武宮は、この至難事を易々とやってのけた(ように見える)。彼は独自のスタイルで、常に一流棋士たるにふさわしい成績を残しているのだ。千年以上の長きにわたる囲碁の歴史の中で棋理として定着してきた常識の一画を切り崩し、新鮮な風を吹き込んだ武宮の功績は偉大であり、昭和の新しい独創として囲碁史に確固たる足跡を残すであろう。

碁暦二十年

黒石と白石が奏でる幻妙の世界に魅了され続けて、早いもので二十年もの星霜を数えることになった。一応、日本棋院と関西棋院の両方から四段の免状をいただいて、とにかく初段になればいいという当初の目標をはるかに追い越してはいるものの、ここへ来てどうにも厚い壁にぶつかってしまった自分自身に苛立ちすら覚えている。

時として、少しは強くなったかなと感じ入ることがないではない。しかし、また次の対局になれば元の木阿弥で、四段の免状が泣くような品格のない碁を打ったりすると、どうせ二十歳を過ぎてから始めた碁であれば、この程度が関の山ではないかと、自嘲めいた言葉のひとつも吐きたくなるのだ。

少々記録魔的性癖を有している私は、昭和四十九年以来、自分の対局結果を時系列と対戦者別の二通りのノートに整理するという念の入った方法でずっと記録し続けてきた。その貴重なレコードブックによると、私の昭和四十九年から平成三年までの十八年間の通算成績は、一四五二勝一一九〇敗二一ジゴで、勝率は五割五分〇厘ということになっている。

今まで最も多く対局した相手は土屋恵章氏で、四一五局打って二〇七勝二〇七敗一ジコと奇しくも全くの五分。ほぼ同じように力を伸ばしてきて、今もって実力伯仲の四段同士。彼が私の最大のライバルであることの何よりの証明だ。

私は以前、ヨミ派とヒラメキ派の違いについて言及したが、村上龍氏がさらに細かな分類を試みておられるのを知って、さすがに作家の眼は鋭いとほとほと感心した。氏いわく、「プレーヤーは、アニマルになるかアーチストになるかマシンになるか、この三つしかない」と。プロの一流棋士の顔を思い浮かべてみると、なるほどわかる、わかる。

さて、厚顔を承知であえて言わせてもらうとして、この私はどれに当たるのだろうか。他人から見れば、きっとマシンと言われるだろうな。レイチン（これ県庁囲碁サークルの流行語で、冷静沈着の略）の代表のように思われているふしがあるが、その実、結構熱くなりやすい方だ。ちょっと立ち止まって考えればわかるものを、カーッと血が上ったり、手拍子を打ったりして、あたら好局を落としたことがどれほどあることか。そうすると、案外アニマルかもしれないな。

とまれ、多くのスポーツなんかと比べて、碁の競技年齢がとてつもなく長いのはありがたいことである。まだまだ時間はたっぷりあるのだから、もうひと踏ん張りしてみることとするか。

佐伯先生を悼む

朝から間断なく雨が降り続く昨年(平成四年)十月十四日、当サークルの指南役として一方ならずお世話になっていた佐伯和之氏の告別式が、京都近衛通りのご自宅でしめやかに行われた。会社関係の参列者に交じって、藤田悟郎先生等のプロ棋士、大石先生や藤山先生等の地方棋士、それに高坂正尭《まさたか》京大教授や浅野満三氏ら京都アマ碁界の重鎮がずらりと顔を揃えられ、囲碁の世界における佐伯氏の業績の深さと交遊の広さを十分に物語っていた。

昨年一月の研修会に講師としてお願いしようとしたとき、肺の手術をしなければならなくなったのでと、引き受けていただけなかったが、その後六月には佐伯囲碁クラブ十周年記念囲碁大会を催されるなど、すっかり元気を回復されていると思っていた矢先の突然の訃報だけに、私の驚愕は大きかった。

当サークルと佐伯先生とのお付き合いは、今を去ること十二、三年前にさかのぼる。関西電力にお勤めの先生が滋賀県の近江八幡に赴任されていた頃、初めて研修会の指南役をお願いして以来、毎年二回夏と冬の宿泊研修会に、特別の支障がない限り出席願って、時にはほとんど夜を徹するくらいまで指導碁を打っていただいた。

氏の碁風は実にオーソドックスで、奇をてらったような手は全く打たれない。それでいて我々のレベルから見ると憎らしいほど強かった。二面打ちのそれぞれの段級差に応じた置き碁であっても、勝率は抜群であった。

私が勝てたのは四子まで。三子で何度か挑戦したが、その度に厚い壁に跳ね返された。三子でチャレンジする機会が永久になくなってしまったことが、今となっては心残りである。

先生に関して最も鮮烈な思い出として印象に残っているのは、昭和六十一年一月の研修会で、当時の趙治勲碁聖に三子で勝たれた碁を大盤解説されたときのことである。対局中は物静かな佐伯先生の、予定時間を大幅に超えた懇切丁寧かつ熱心な解説ぶりに、碁に対するひた向きな熱情を感じてさわやかな感動を覚えた。

当サークルがここ数年わずかずつでもレベルの向上が見られるのは、佐伯先生の指導に負うところが大である。これからいよいよ碁に専念していただけると思っていたのに、五十九歳での死は、あまりに早過ぎる。もっともっと活躍してほしかったし、指導をしてほしかった。

改めて心より哀悼の意を表したい。合掌。

ペア囲碁の楽しさ

持ち前の旺盛な好奇心に駆り立てられて、昨年（平成五年）九月に開かれた第四回国際アマチュア・ペア囲碁選手権大会の関西地方大会に初めて出場した。パートナーをお願いしたのは、石楠花《しゃくなげ》会の北川恵子四段。かつて女流アマ選手権の県代表になられたこともあり、県内の女性囲碁愛好者のなかでは有数の打ち手である。

出場者は三十ペア足らずと、関西という広域の大会にしてはいささか寂しかったが、会場に当てられた日本棋院関西総本部には、通常の大会にはない華やいだ雰囲気が漂っている。上着、ネクタイ着用という取り決めもさることながら、むくつけき男同士の対局になじんでいる身には、男性と同数の女性の参加者がある大会は、はっとするほど新鮮に見える。

男女のペアには、夫婦、親子、兄妹（姉弟）、同好仲間などさまざまな組合せがあるなかで、意外だったのは、若い人の参加が多かったこと。出場者の約半数が学生とおぼしきヤングペアで、若年層の囲碁離れが叫ばれている今日、これはまことに喜ばしい現象だ。

ペア囲碁と言っても特別なルールがあるわけではなく、注意しなくてはならないのは、次の三点くらいだ。着手は女性↓女性↓男性↓男性の順に一手ずつ打つこと。投了の場合の相談と手番の確認以外は、パートナーとの間で意思の伝達をしてはならないこと。着手の順番を間違えた場合は、反則として三目のペナルティー(故意の場合は反則負け)が課されること。

さて試合の方は、一ペアの持ち時間が四十分のトーナメント戦で行われる。始まってみると、自分の碁のようで自分の碁でなく、他人の碁のようで他人の碁でない摩訶不思議な世界を味わうことになった。対局心理に微妙な違いが生じてくるし、一対一の碁にはない難しさもある。

パートナー同士どれだけ息が合っているかがポイントで、ペアの一人がべらぼうに強くても、碁に勝てるとは限らない。どんなに妙手を放っても、相方にその意味がわからなければ、悪手と化してしまう恐れが十分あるからだ。だから、自分の一手で一気に潰れてしまうことがないよう、つい堅い手、無難な手を選ぶようになりがちだ。

それに、例えば、盤中最大のAに手を回す前にBを利かすのが手順ということがわかっていても、自分がBに打った後必ずしもパートナーがAに打ってくれるとは限らないというようなことがあって、お互いにパートナーの棋力、得手不得手、心理状態などを意識しながら、着手を選んでいかなければならないところが、ペア碁ならではの難しさであり、楽しさではなかろうか。

かくて、わがペアの初戦は、途中おもしろい場面もあったけれども、最後には力負けをした感じで涙を飲んだ。でも、パートナーの思いもつかなかった好手に感心したり、時にはハラハラしたり、なかなかエキサイティングな体験だった。愛棋家のみなさんもパートナーを見つけて、ぜひ一度チャレンジされることをお勧めする。

中国棋院訪問記

県庁囲碁サークルの創設二十周年記念事業として、将棋サークルと合同で友好訪中団の派遣を計画し、参加者を募集したところ、当サークルからは、森野、谷口、小川、土屋恵、奥村、吉村信、長井、石川、小生の九名が参加を希望。将棋サークルの十二名と合わせて二十一名からなる滋賀県職員囲碁・将棋友好訪中団（桑原留男団長）を編成し、平成六年九月七日から十一日までの五日間、中国（北京）を訪問した。以下は、その体験記である。

深刻な渇水で琵琶湖の水位がじりじりと下がり続けていた九月七日、新装なったばかりの関西国際空港から飛び立った日航機は、約三時間半を要して北京首都空港に到着。美人ガイドの関紅霞さんの出迎えを受け、劉来福さん運転のバスで一路北京市内へ。中心部に近づくと、車が走る広い通りに自転車がやたら増えてくる。中国には〝勇気ある人〟が多いという関さんの説明のとおり、歩行者も車の直前を悠然と横断していく。これでよく事故が起こらないものだと感心する。

最初に故宮を見学。一日に一つずつ部屋を見て回ると三十年近くかかるということで、予想をはるかに上回る広さだった。夕方には北京の中心、天安門広場に立つ。こちらも一度に百万人が集まれるという広さ。何かにつけて日本とはスケールが違いすぎる。

翌八日は、朝からいよいよ中国棋院を訪問。中国棋院の設立は、今から三年前の一九九二年三月で、地上六階、地下一階の堂々たるビルを有している。日本とは異なって、囲碁、象棋(中国将棋)、チェスを統括し、囲碁の全国的組織として中国囲碁協会が棋院の傘下のもとに置かれている。

ファックスで連絡を取り合った、日本語が堪能な秘書の王誼さん(プロ五段)に出会い、会場となる隣接の中国囲碁友好会館へ案内していただく。「熱烈歓迎滋賀県職員囲碁将棋友好訪中団」と書かれた大きな看板が掲げられ、各自のネームプレートまで用意されている。

日本の将棋と中国の象棋は、名前は似通っていてもまったく別のゲームに等しい。将棋の有段者といえども対等に戦えるはずもなく、もっぱら教えを請うことにならざるをえないが、その点囲碁の方はありがたい。わずかなルールの違いはあるものの、同じ土俵で対戦することが可能なのだ。

王さんの特別の計らいで、当方のメンバーの段位に応じてアマ棋客が集められており、午前、午後にそれぞれ一局ずつ親善対局を行った後、プロの先生の指導碁も受けられることとなった。

張徳良四段との対局風景（中国囲碁友好会館にて）

桑原団長のあいさつと王汝南中国棋院副院長（プロ八段）の歓迎の言葉に続いて対局開始。

日本での段位が中国のそれと比べてやや甘いのか、異国での対局で緊張感が高まり思うように実力を発揮できなかったのか、はたまた友好親善第一の気持が強くて勝負に対する執念に欠けるきらいがあったのか、我が県庁チームは一回戦二勝七敗、二回戦四勝五敗と不本意な成績に終わった。しかし、対局後は、日本語が達者な棋客から和気あいあいのうちに中国式の地の計算方法を教わるなど、友好ムードに包まれていた。

プロによる指導碁の時間になって、日本でも有名な陳祖徳中国棋院院長（プロ九段）がじきじきに歓迎に見えて、一同大感激。日本から持参したお土産品の贈呈式を行った後、将棋サークルの桑原、土屋薫、大原の三名を加えた十二名が、陳祖徳九段、王汝南八段、華以剛八段、王誼五段の四人のプロ棋士から三面打ちで指導を受ける。プロのトップクラスに五子ないし六子という、我々にとっては厳しい手合いだったにもかかわらず、四人が勝利を得たのは、上々の結果というべきだろう。

終了後、会館内を案内してもらい、夜は当方主催の交流パーティーに中国側を招待する。体調を崩しておられる陳祖徳院長には出席していただけなかったが、囲碁、象棋ともほぼ昼間のメンバーに揃ってもらうことができた。言葉のハンディはあるものの、お互いに囲碁や将棋（象棋）をたしなむ者同士。持参した日本酒も登場して大いに盛り上がり、あちこちで囲碁・象棋談義に花が咲いて、「カンペイ」の声が上がった。

公式行事（?）を無事終えて、九日と十日は、北京市内外の観光に繰り出す。九日には、市街地から北西方向にバスで二時間余走って、明の十三陵のうちで唯一内部が公開されている定陵と〝古代建築上の奇跡〟と言われている万里の長城（八達嶺）を見学。万里の長城はさすがに世界の観光地らしく、北米、中南米、ヨーロッパ、中近東などさまざまな顔をした観光客で賑わっており、人間業とは思えないとてつもないスケールの大きさに目が眩むような感動を覚えた。夜は雑技を鑑賞。

十日は、当初自由行動に当てることにしていたが、団員の希望が多く、関さんと相談して、急遽オプショナルツアーを組む。二十一名中十六名が参加。西太后の隠遁所であった頤和園、パンダがいる北京動物園、日中戦争の発端となった場所として有名な盧溝橋、友誼商店などを駆け足で回る。この日の夜は、京劇を鑑賞。

十一日には、五日間の中国訪問を終えて帰国の途へ。ガイドさんの関さんが北京首都空港へのバスの中で、お別れの印にと涙まじりに歌ってくれた「星影のワルツ」が、今も耳に残っている。わずか五日間の短い旅であったが、参加者の絶大な協力と中国棋院の高配に加え、関紅霞さんという才色兼備で献身的な名ガイドに恵まれて、本当に中身の濃い充実した時間を過ごすことができた。参加された皆さんをはじめお世話になった方々に、改めて謝謝。

陳祖徳九段の指導碁

昨秋の中国棋院訪問の際、私は、中国棋院の院長であり、中国囲碁協会主席でもある陳祖徳九段にお手合せいただけるという願ってもない僥倖《ぎょうこう》に遭遇した。

最近の日中スーパー囲碁などでは、聶衛平、馬暁春、劉小光といった名前に接することが多いが、日中囲碁交流が始まった一九六〇年代から七〇年代にかけて、日本の一流棋士相手に無類の強さを発揮したことで、陳祖徳の名はずっと私の記憶にとどまっていた。

ただ、昔、囲碁雑誌か何かで見た氏の写真から、大変恰幅がいい人という印象をもっていたので、午後になって会場に現れた痩身の紳士が、陳祖徳氏その人とは思わなかった。聞くところによると、現在、やや体調を崩されており、その日も午前中病院で検査を受けてこられたところだという。

私は今まで、プロ棋士に打っていただいたことはなく、初体験の場所が中国だとは、ちょっと妙な気分だ。陳先生に対する手合い割りは、私の五子となる。他の三人のプロの先生同様に三面打ちとはいえ、一流プロに五子では苦しいぞと思ったが、千載一遇の機会だからいい碁が打てるようにがんばろうと闘志を燃やす。

陳先生の第一着は、予想どおり右上隅ケイマのカカリ。普通に一間に受けようかそれともハサもうかと考えているうちに、宮本直毅流五子局必勝法というのがあったことを思い出し、一度試してみたくなった。カカリに手を抜いて、左辺の星に打つ。白は両ガカリ。黒コスミと白三々入りとだけ換わってまたまた手を抜き、下辺の星を占める。これで理想の布陣が完成だ。

当然白は殴り込みをかけてくる。それを厳しく攻めていけば、自然に地が確保できる、私のもくろみはこうだった。事実、はじめのうちは思いどおりの展開になった。しかし、石数が増えてくると、陳先生の巧妙な手順に攻めが空回りしはじめ、地が目減りしてくる。

まだわずかに我が方有利という思いを抱きながら、碁は終盤に突入する。私の一線のハネに当然引くものと思っていたら、陳先生は断固押さえてきた。私がその上を切って、大きなコウの発生だ。

コウトリが何手か続いた後、白にはコウダテがなくなった。我が方には大石の切断という絶好のコウダテがある(と思い込んでいた)。やおら私は、決め手となるはずのコウダテを打ち下ろす。陳先生は、少考の後、意外にもコウを解消されてしまう。敵は投げ場を求めてきたのかなと思いつつ、ぐいと出る。これでどちらかの大石が取れるはずだ。

ところがである。その後十数手の折衝があって、私は愕然とする。どう打っても活きがないと高をくっていた一団の白石に思いもよらぬ利き筋が生じて、手品を見るようにぴったり二眼で活きてしまったのだ。そうなれば損な手をたくさん打っているので、地合いは大差。私は、静かに石を投じた。

負けはしたものの、陳祖徳九段に打っていただけたのは、終生忘れ得ぬ感激である。一流プロ棋士の読みの深さ、眼力の鋭さをもろに膚で感じたことが、私のヘボ碁にも何らかのプラスがあるような気がしている。

帰国後すぐに書店の囲碁コーナーで、出たばかりの『陳祖徳囲碁名局集』を見つけ、即座に購入。この本は、陳祖徳九段が日本の棋士相手に打った代表作二十局を選んで、自ら解説を施したものである。碁盤に並べてみると、平凡な手は嫌いだという氏の言葉どおり、戦いの連続であり、創意工夫に満ちていて、実におもしろい。異能の才というか、どちらかといえば調和を好む日本人棋士にはちょっと見られない力強さだ。

これを機に、私もアマの特権を生かして、打ちたいと思う手を打ち、もっと碁の幅を広げたいと思う。

名解説品定め

例えばプロ野球の解説などは、結果論や技術論ばかりに終始して、耳障りに感じることもある。しかし、碁の場合は、わかりやすい解説によって、初めてプロの奥義に触れることができ、興味と楽しみが倍加する。碁の解説は、まったく別の世界の住人であるプロ棋士と我々凡人との橋渡しのために、なくてはならないものなのだ。

テレビの囲碁番組や公開対局では多くのプロ棋士が解説者として登場するが、棋戦での実績と解説の巧拙とは必ずしも比例しない。碁のタイトルには恵まれなくても、解説の方では棋聖や名人の称号を捧げたいと思う人がいる。

その第一が梶原武雄九段だ。「石の方向」「オワ」「アタタタ」といった独特の用語を駆使して、タイトル保持者であろうと誰であろうと、一刀両断のもとに切り捨てる明快な解説は、まさに梶原節と呼ぶにふさわしい天下一品の味わいがある。最近は体調がすぐれないとかで、テレビでお目にかかれないのがまことに残念。一日も早い全快を祈りたい。

次にあげたいのは石田芳夫九段。表情は終始クールながら、アマが聞きたいことを懇切丁寧に教えてくれる。早見えと計算の天才で、ヨミの力は抜群。この人がなぜ本業の碁で昔のように活躍しないのか不思議でならない。

これに続くのが林海峯九段、小林光一九段、小林覚碁聖の三人衆。いずれもアマに対する気配りが行き届いていて、手どころの解説がわかりやすい。対局時とは打って変わったにこやかな笑顔も魅力的だ。

武宮名人の人柄そのままの鷹揚な解説は好感が持てるが、感覚的要素を重視しすぎるきらいがあるので、私の理解を超えている場合がある。

趙治勲棋聖本因坊、大竹英雄九段もいいけれども、ちょっとクセがある感じ。しかし、時として碁の本質をついた名言を吐くのはこの二人だ。

加藤九段はちょっと照れがあって、声も小さく解説者としては物足りない。

ベテラン陣では、加納嘉徳九段、工藤紀夫九段、それに関西の石井邦生九段のアマの身になった温厚でかみくだいた解説がいい。大阪弁丸出しの宮本直毅九段もユニークで私は好きだ。

これからも、テレビ碁の観戦がもっともっと楽しくなる名解説を期待したい。

棋風考

昨年（平成十六年）末、全国の囲碁ファンの間に、その死去の報が大きな衝撃となって駆け抜けた加藤正夫九段のニックネームは、「殺し屋加藤」（晩年には「ヨセの加藤」とも呼ばれたが）だった。普通のプロではとうてい取りに行きそうもない大石を本気で取りかけにいく剛力は、プロの中でも恐れられていた。彼の場合は、剛直な棋風と温厚そのものの人柄との間に、大きなギャップを感じさせる典型だった。

加藤九段のみならず、多くの一流棋士は、その特徴的な点をとらえて、また親しみも込めて、異名（ニックネーム）で呼ばれる。逆に、異名を付されることが、一流棋士の証しであると言ってもよい。

いわく、「カミソリ坂田、なまくら坂田」「平明高川」「火の玉宇太郎」「感覚の秀行」「うなるハンマー・大平」「石心・梶原」「変幻・山部」「二枚腰の林」「大竹美学」「コンピュータ・石田」「武宮宇宙流」「番碁の鬼・趙」「決め打ちの小林（光）」「ロッキー・淡路」等々、枚挙にいとまがない。

これらの異名は、まさに各棋士の棋風、碁のスタイルを表したもので、自分の型にはまったときに、彼らが無類の強さを発揮するのはもちろんだが、そうでなくても並の棋士よりはずっと強い。武宮九段が大模様の張りにくい白番で華麗な打ち回しを見せるように、相手の土俵で戦っても存分に力を出せることが、一流棋士の一流棋士たるゆえんなのである。

さて、話をぐっと身近なところへ引き寄せてみると、我々レベルのざる碁仲間でも、棋風というものはそれなりに認められる。県庁囲碁サークル会員の顔ぶれを思い浮かべれば一目瞭然で、まずは「力でねじ伏せたいタイプ」と「息の長い碁を好むタイプ」に大別できよう。

前者の代表格が現役では、I氏、K氏、M氏、OBでは、Y氏、M氏、T氏あたりの顔が浮かぶ。中でもOBのM氏は、際立った個性の持ち主だ。

氏は、無類の早打ち、コウ好きで、常に相手を乱戦に引きずり込み、「生きている石を生きずにコウにいってプロに怒られた」「コウ材にするために生きている石をあえて殺されにいく」といったエピソードに事欠かない。会場が離れている二つの大会に同時に出場したという信じがたい逸話の主でもある。

サークルのタイトル争いにしょっちゅう絡んでくる面々は、極端な形で棋風が現れることはなく、やはり力の強さと息の長さのバランスがとれていると言えようか。特に、「粘り」は、勝率アップの必須要件だと思う。

最後に、少々私自身の棋風についても触れておきたい。願望的要素を含めて、自分の専売特許をあえてどこに求めるか。

既に山城九段という元祖が存在し、二番煎じになるのでいささか気が引けるのであるが、できれば「浸透流」を名のりたいと思う。

私は、少なくとも力で相手をねじ伏せるタイプではなく、そういう打ち方を好まない。空から降ってきた雨がじわりじわりと大地に染み込むように、少しずつ相手の地を浸食し、終わってみれば微差で勝っていたというような打ち方を理想とする。

だから、短気を起こすことなく息の長い碁が打てていて、一定の勝率を上げているかどうかが、私の碁の調子を計るバロメーターとなる。

こんなに手の内を明かしてしまうと、またまたタイトルから遠ざかってしまいそうだけど…。

石楠花会二十周年記念祝賀会に寄せるメッセージ

本日は、ここ琵琶湖ホテルにおいて、石楠花会二十周年記念祝賀会がこのように盛大に開催されますことを、心よりお慶び申し上げます。誠におめでとうございます。

私もこの祝賀会の会場に駆けつけて、直にお祝いの言葉を申し上げたいという気持でいっぱいでありましたが、残念ながらよんどころない事情により出席できかねますので、失礼とは存じますが、私の思いをメッセージという形で届けさせていただいた次第です。

貴石楠花会は、二十年の長きにわたり、滋賀県における唯一の女性囲碁愛好者の団体として、会員相互の親睦を図りながら、棋力のレベルアップと裾野の拡大に努められ、地域文化の向上や女性の生きがい対策の面で、地道な活動の積み重ねにより多大の貢献をされました。その功績は誠に大きなものがあり、同じ滋賀県の中で囲碁を愛する者の一人として、大変うれしく、また心強く思いますとともに、すべての会員の皆さん、とりわけ会の運営に中心的役割を果たされてきたその時々の役員の皆さんに対して、深甚の敬意を表するものです。

さて、わが県庁囲碁サークルと貴会とのお付き合いということになりますと、昭和六十三年に故井上先生の御殿浜碁会所で、初めて親善試合を催したとき以来ですから、かれこれ十五年にもなります。平成三年からは定期的に親善対局を実施してきており、最近ではペア碁を取り入れるなどして、年二回の定例行事としてすっかり定着した感があります。親善対局の場は、いつも和気あいあいの空気に包まれており、通常の対局では味わえない華やいだ雰囲気を楽しませていただいております。

それにつけても、いつも会員の皆さんからひしひしと伝わってくるのは、碁に対するひたむきさと若々しさです。俗世間を離れて盤上に遊ぶ心の余裕が、年齢や棋力に関係なく、女性を内面からかくもチャーミングに装わせるものなのかと、感心することしきりです。

苦悶しながら石を盤上に運んでいるのはプロですが、楽しく碁を打てるのがアマの特権です。碁という素晴しいゲームの存在を知ったおかげで、人間関係の輪が広がり、人生に豊かさをもたらしてくれているという思いは、われわれ囲碁愛好者の共通のものではないでしょうか。碁を打つ以上、お互いに棋力の向上を目指すことはもちろんですが、何よりも石楠花会の皆さんとわがサークルとの楽しい交流が、更に深まっていくことを念願するものです。

最後になりましたが、今後とも石楠花会がますます発展して、三十周年、四十周年と歴史を積み重ねられ、県内の女性への囲碁の普及と棋力向上に一層大きな役割を果たされますことをご祈念申し上げ、お祝いのメッセージとさせていただきます。

生涯の宝物　～県庁囲碁サークル創設三十周年記念行事会長挨拶～

本日は、滋賀県職員囲碁サークル創設三十周年を記念する行事を開催しましたところ、現職会員の皆さん、OB会員の皆さんほか、日本棋院京都本部の藤山先生、現全日本アマ本因坊の田中伸拓さん、石楠花会の皆さんをはじめとして多くのご来賓の方々のご来臨を賜りまして、まことにありがとうございます。厚く御礼申し上げます。

十周年におきましては、サークルの会誌でもあります「いしおと」の記念号を発行し、二十周年におきましては記念号の発刊のほか、将棋サークルと合同で中国ツアーを実施しましたものの、このような形での記念行事ということには思い至りませんでした。今回、三十周年を迎えるに当たりましては、ぜひ記念行事を催したいという声がどこからともなく出てまいりまして、昨年から準備委員会、続いて実行委員会を設けて準備に当たり、本日こうして、まことにささやかながら、開催の運びとなりましたことを大変うれしく思います。

私は会長として六代目ですが、三十周年という記念すべき年を迎えられましたのも、本日お越しいただいている、創設時にいろいろな形でご尽力をいただいた初代の山内会長や幹事を務めていただいた皆さん、それに二代目から五代目までの会長を務めていただいた吉川さん、森野さん、谷口さん、森田さんらのお力によるところが大であり、心から感謝申し上げます。

サークル発足当時は、各職場で囲碁・将棋が大変盛んな時代で、昼休みには毎日のように石音が聞こえていたものです。そのような中で、武村知事が誕生したのが昭和四十九年十二月でしたが、その直後から職員互助会に属する文化サークルとして、囲碁サークルを創設しようという気運が高まってきました。

翌昭和五十年には、口コミによる会員募集、事業計画、資金計画、役員選出など、山内さん、吉川さん、森野さん、平中さん、多田さん、谷口さん等々世話人の皆さんのご尽力によって、昭和五十年八月二十五日に滋賀県職員囲碁サークルが正式に発足いたしました。私自身も、当サークルの発足にいささかなりとも貢献できたことをうれしく思っています。

発足当時の会員数は百五十五人の多くを数え、そのうち有段者となるとわずか二十四人、それもほとんどが初段か二段という状況でした。大会を開くにもハンディ戦の場合は少なくとも三クラスに分けなければならず、碁盤集めに苦労したことを覚えています。昭和五十二年にはさらに増えて二百十人となったのがピークで、その後は減少の一途を辿り、発足十周年の時点では、五十四人（うち有段者二十九人）と、ほぼ現在の倍の数に落ち着きました。

現在の会員数は二十八人で、内訳は、現職が十九人、ＯＢが九人です。いずれも人後に落ちない碁好きばかりです。職員の高齢化により退職者が増加して会員数が一層減少し、一時はサークル活動の存続すら危ぶまれることもありましたが、平成六年度からＯＢ会員制を導入し、ＯＢの方も現職と同じように会員としてサークル事業に参加していただけるようにさせていただいたことで、このところ会員数の減少に待ったがかけられているのは、喜ばしいことです。

しかし、若い人の参加が少ないのは、当サークルもご多分に漏れず悩みの種で、五十歳代が中心、二十歳代の会員はわずか一人しかいません。級位者や初心者が参加したいという気持を持っても、二十八人の会員のうち二十六人が有段者（うち四段以上が二十人）といういびつな段級位の構成が、かなり敷居を高くしているのは間違いありません。この点が、今後もサークル活動を続けていく上での最大の課題だと考えています。

サークル発足当時は、まだ土曜日が半ドンだった頃で、多くの大会と例会は土曜日の午後に開催していました。しかし、例会は集まりが悪く、完全週休二日制になってからは、例会を廃止してほぼ月一回のペースで大会ないし行事を開催しています。若干の新設・改廃がありましたが、現在では、春の総会時の県職員囲碁大会、夏の一泊研修会での名人戦、冬の一泊研修会での本因坊戦、早碁で争う天元戦、棋聖の称号を与える十傑戦、王座の称号を与える囲碁バトル戦、そして職員文化祭の協賛事業として行っている囲碁オープン戦、これらを県庁七大棋戦と称していろいろと趣向を凝らし、和やかな雰囲気のうちにも真剣に熾烈なタイトル争いを演じています。

このほか、対外的なイベントとしては、年二日、本日大勢の皆さんにお越しいただいている石楠花会との親善交流対局を実施し、個人戦だけでなくペア碁を取り入れて楽しんでいますし、まだ今年で四回目ですが、京都府庁囲碁同好会との年一回の京滋府県庁囲碁対抗戦を行っています。毎年二月には、本日お見えの藤山先生が関わっておられます、京都新聞社主催の京滋職域・団体囲碁大会に、三チームないし二チームを送り込み、数少ない滋賀県チーム代表の気概を持ってがんばっています。当初は予選突破が目標でしたが、最近ではようやく強豪チームの一つと目されるようになりました。しかし、まだベスト4止まりで優勝カップには手が届いていません。何とか一度は優勝の美酒を味わいたいというのが私の切なる願いです。

また、サークル主催の事業ではありませんが、よりオープンな形で夏の森遊館合宿、年度末には退職者が出た場合には送別会を兼ねて、お別れ囲碁大会を実施するなど、様々な形で囲碁を楽しんでいます。

さて、私自身、三十年間のサークル活動を通して得られたものは、大きく二つあると思っています。一つは、囲碁の面白さを知り、会員の皆さんと切磋琢磨していく中で、少しでも強くなりたいという純粋な願いが一定叶って、棋力向上につながったことです。私が曲がりなりにも現在五段格として打てているのは、このサークルの中で会員の皆さんと打ち続けてきたおかげと言っても過言ではありません。

もう一つは、こちらの方がより大切だと思いますが、囲碁を通していろいろな人との出会いがあり、交わりの輪が広がって、職業生活だけでは得られないより豊かな人生が歩めているということです。当サークルは、滋賀県職員を対象とした職域の集まりですから、完全に開かれたサークルではありません。しかし、サークルで碁を打っているときは、職場での地位や職制、あるいは年齢差、先輩・後輩の関係などとは全く無関係に、お互いに胸襟を開いて人間対人間として接することができるのです。これが共通の趣味を楽しんでいる者同士の特権だと思います。

仕事をしていますと、日常的にいろいろな場でお酒を飲む機会がありますが、本当に気の置けない場というのは、なかなかありません。しかし、会員の皆さんもきっとそう感じていらっ

県庁囲碁サークル創設30周年記念行事で挨拶

しゃると思いますが、サークルの仲間と反省会と称して、また泊付きの研修会等々で飲むお酒は、一切の瑣事から解放されて、心から楽しい気持になれるのです。

県内唯一の女性ばかりの囲碁愛好者のグループである石楠花会の皆さんと、十五年以上の長きにわたって親しくさせていただいているのも、共通の趣味である囲碁があればこそです。このように、囲碁は、私たちの人生を実りあるものとするために、かけがえのない大切なものをもたらしてくれており、これからも生涯の宝物として、慈しみながら楽しんでいきたいと思っています。

最後に、私も遠からず退職しなければならない身であるわけですが、今後とも当サークルが棋力向上の場、人と人との心温まる交流の場としてますます発展し、四十周年、五十周年と星霜を重ねていくことを心からご期待申し上げ、いささか長くなりましたが、開会の挨拶に代えさせていただきます。
第二部のアトラクションでは、全日本アマ本因坊の田中さんに連合軍が連碁で挑戦するという催しを予定させていただいておりますので、どうか最後までごゆっくりお楽しみください。本日は、本当にありがとうございました。

平成十七年六月十八日　のぞみ荘にて

6 京都新聞夕刊に執筆

第十回京滋男女ペア囲碁まつり自戦記

第六局　Aクラス　一回戦
白　片岡サチ子（二段）　黒　森　美貴子（初段）
　　片岡　　彰（四段）　　　秋山　茂樹（五段）（6目半コミ出し）

布石は順調（1―20）

【第一譜】今回、初めて本欄に自戦記を書かせていただくことになった。

まず、簡単な自己紹介から。筆者は滋賀県庁に勤務し、棋歴は三十年余り。野洲市の住人で、現在は県庁囲碁サークルの会長を務めている。本大会への出場は八回目で、森さんとのペアは今回が四度目だ。

森さんは、県内唯一の女性囲碁愛好者グループである石楠花《しゃくなげ》会の主要メンバーの一人で、大津市在住の主婦。碁石を握って九年とのことだが、晩学であることを考慮すれば、その上達ぶりはすこぶる順調といえる。

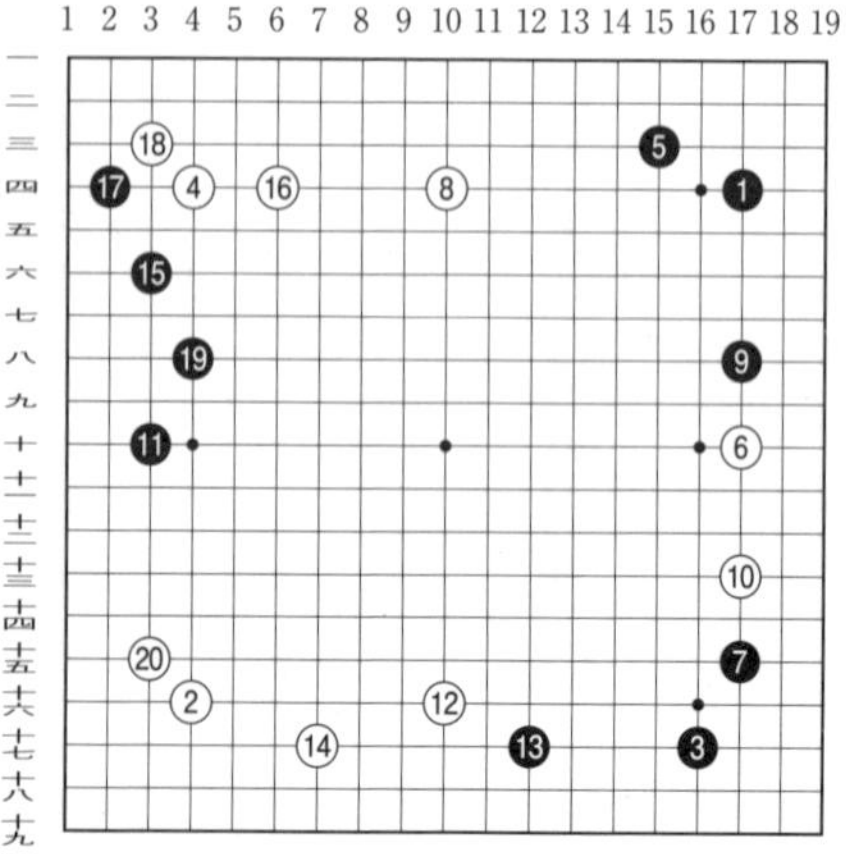

県庁囲碁サークルと石楠花会との間では、年二回の親善交流対局が恒例行事となっており、ペア碁も取り入れて楽しんでいる。
そんなつながりがあって、今大会にはOBを含む滋賀県職員と石楠花会員という組み合わせで、四組のペアが出場した。
対戦相手の片岡ペアは、京都市山科区のご夫婦ペアで、第一回大会から今大会まで十年連続で出場されており、開会式で他の二ペアとともに特別表彰を受けられた。奥様のサチ子さんは京都操友会の会員で、藤田塾子ども囲碁教室にも参加して腕を磨いている。

握って筆者ペアの黒番。あらかじめ相談しておいた通り、小目から右上隅のシマリ。白6が右辺のワリ打ちだったので、黒7の両ジマリが打てた。続いて白8と上辺に展開されたので、黒9の大きなツメを先手で利かすことができた。

さらに、黒13に白14と受けてくれたので、黒15から19までの好形を得て、布石は順調と感じていた。

ペア碁の魅力（20―46）

【第二譜】森さんが放った黒21の打ち込みが鋭い。対して白22は変調。黒23で左右を分断して、内心にんまり。白は42にツケるしかなかっただろうが、中央に厚みを築いてもこの局面ではあまり働かない。左辺黒4子の堅陣が光ってくるのだ。つまり、黒21の打ち込みが好手だったということ。

白30も不急の一手で、布石で遅れた白としては、右辺Aに打ち込み、少しでも局面を複雑にしていくところだったろう。

黒31と絶好のボウシに手が回ったので、白の一団が薄くなり、すぐに打ち込む手はなくなった。それでもせめて白34では39と飛び出すべきで、黒35との交換はありがたかった。

碁の着手には、絶好のタイミングというものがあって、その瞬間を逃すと永久に打つチャンスがなくなるということがしばしば起こる。今しかないというタイミングを的確に捉えられるかが、実力の一つの証明になろう。

白が飛ばなかったので打った黒39だが、白38がきてからなので、白40と換わってよかったかどうか。ともあれ白が上辺で世帯を持って、筆者としてはちょっと嫌な気がしていた。

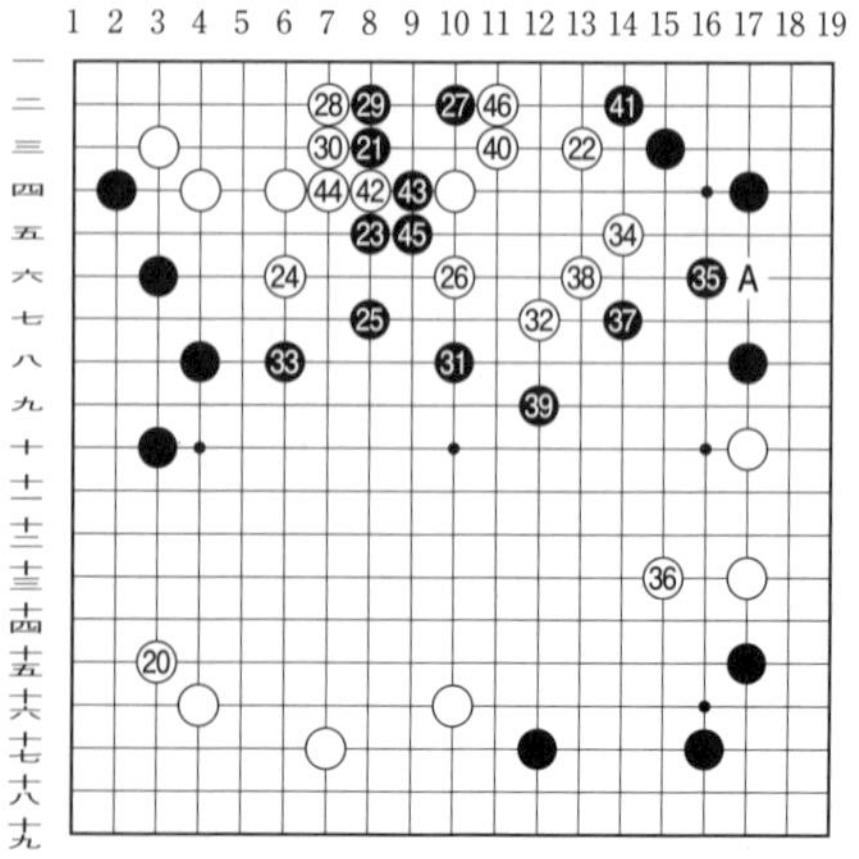

ところで、ペア碁の魅力はどこにあるのだろうか。まずは、大会における何ともいえない華やいだ雰囲気がいい。ペア戦では必ず女性が半数を占めるわけで、むくつけき男性ばかりが目立つ大会に出場するのが常の筆者にとって、これはとても新鮮な体験だ。

また「ペア碁には三人の敵がいる」という言葉もあるように、ときには思うに任せないもどかしさを感じることもあるが、逆にそのハラハラドキドキがたまらない。本来個人競技である碁をともに創り上げていく楽しさがあって、勝てば喜びを分かち合える。

ペア碁に勝つ秘けつ（46—95）

【第三譜】　上手とペアを組み下手という立場でペア碁に勝つ秘けつ（というほどおおげさなものではないが）は、筆者の経験から、次の三点に集約できるのではと考えている。

①打ちたいところへ打つ。

心配しすぎたり、びびったりするのはいけない。パートナーを信頼して、ある程度思い切った手を打てば活路は開ける。

②死活には細心の注意を払う。

前項とは逆だが、身の危険を感じたら、きちんと生きておく。大石が死ぬと途端に負けになってしまう。

③パートナーにうまく手を渡す。

打つ手に窮したり、とことん迷ったときには相手が必ず受けてくれる無駄のない利かしを打って上手につ

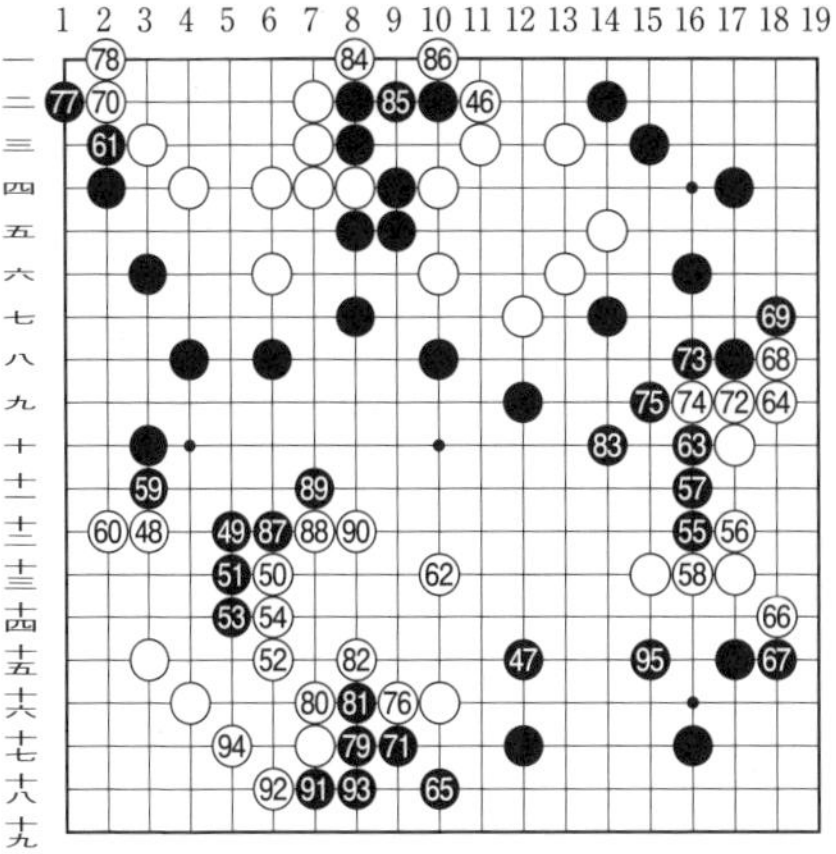

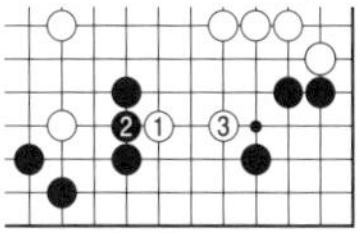

なぐ。この呼吸が身に付くと、勝率アップは確かなものとなる。

黒47と白48はともに大きな手。黒55と様子を聞いたのはいいとしても、すぐ黒57と動いたのは得策ではなかった。白を強化しただけで、何も打っていない。単に65のスベリがよかった。白62では65が大きく、もしそう打たれていたら、形勢が急接近するところだった。

黒は71と大きなコスミに回って着実に優勢を保っている。白76では参考図の白1とノゾいて、黒2なら白3を決めるチャンスで、先手で黒地をかなり削減できた。

黒83と味の悪いところを補ったとき、白84から86のワタリが小さかった。白は黒87や95がくるまでに89のケイマか下辺の消しに向かうべきだったろう。

勢いに乗って四連勝(95―111)

【最終譜】わが県庁囲碁サークルは、今年創設三十周年の節目を迎え、六月には記念行事を開催した。

石楠花会からは現会長の山中昌子さんや森さんをはじめ、大勢の皆さんのご参加を得て、現全日本アマ名人、田中伸拓さんとの連碁などで、大いに盛り上げていただいた。

さて問題の場面。黒103と打ち欠き105とアテた。ここで白が2子をツいだので黒107からAアテ、

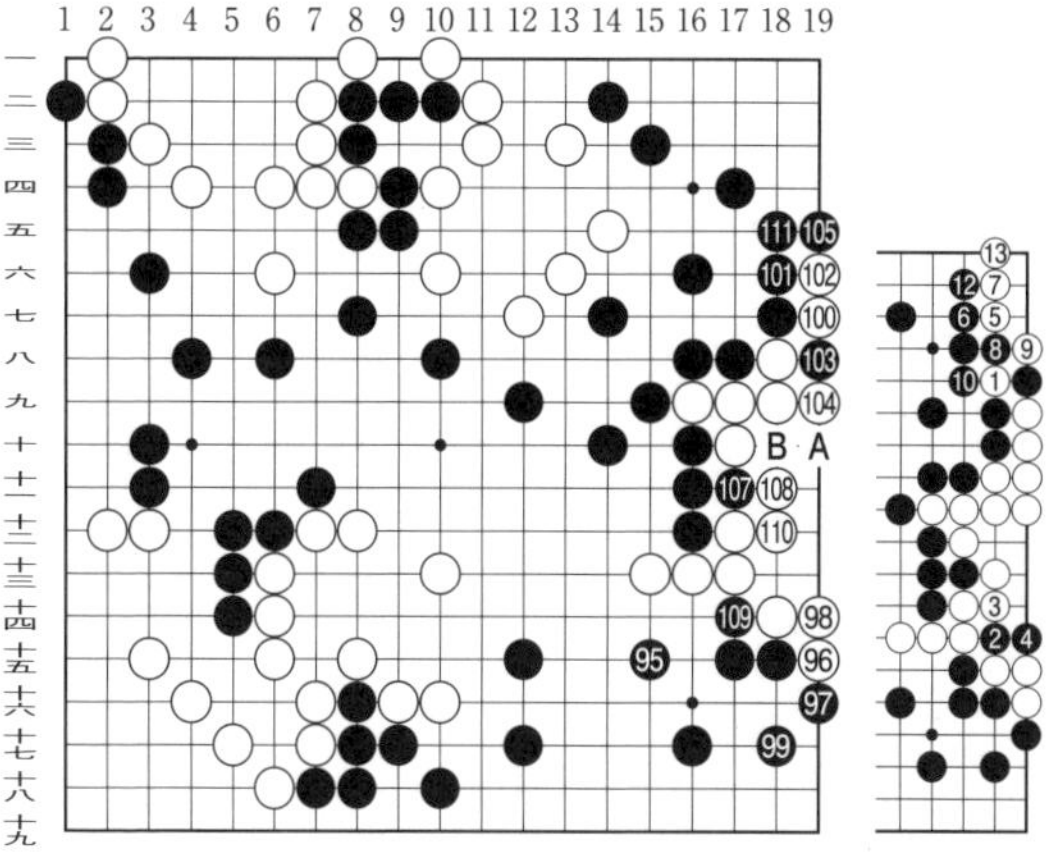

白Bツギに黒110の切りで、碁はそれまでとなる。

残念ながら、森さんの次の一手は黒Aではなく109のアテ込み。白110と換わり、碁を決めるチャンスは去った。ところがこの白110こそ、黒109を上回る逸機だったのだ。

参考図白1の切りが成立し、もし黒が2・4と白の3子を取ってくれれば、白9まで大利を得ることができた(白11ツグ＝1の右)。形勢逆転とはいかないまでも、こう打たれていれば、筆者としても慌てたに違いない。黒111のツギに回ってホッとすると同時に、勝勢を築いた。

筆者のペアはこの一回戦に勝って勢いに乗り、運も味方して四戦全勝で打ち終えた。しかし、もう一組全勝ペアが出て、スイス方式により準優勝にとどまったのは残念であった。

対戦相手の片岡ペアは二局目以降力を発揮し、残る三局は全勝だった。

112手以下略　黒14目半勝ち　106ツグ(103)

第三十八回京滋職域・団体囲碁大会観戦記

第十八局　職域の部　予選リーグ
白　宮戸　啓三（滋賀県庁B）
黒　鯨崎　一孝（京都銀行）（6目半コミ出し）

京滋対決（1―50）

【第一譜】予選一回戦、京都銀行対滋賀県庁B。文字通り京滋対決の四将戦を紹介しよう。

黒番が当たった京都銀行の鯨崎《けいさき》さんは、城陽市在住の六十三歳。本大会へは八年連続の出場で、棋力は四段。

宮戸さんの紹介は次譜に譲って、早速盤面に目を向けよう。

白8の大ゲイマガカリに対して、黒は参考図①の黒1と肩を突き、白2のスベリなら3から厳しく迫っていくのもあった。

実戦は黒9とハサみ、白が10とツケたとき、黒11のヒキがやや甘そう。白16まで黒を低位に

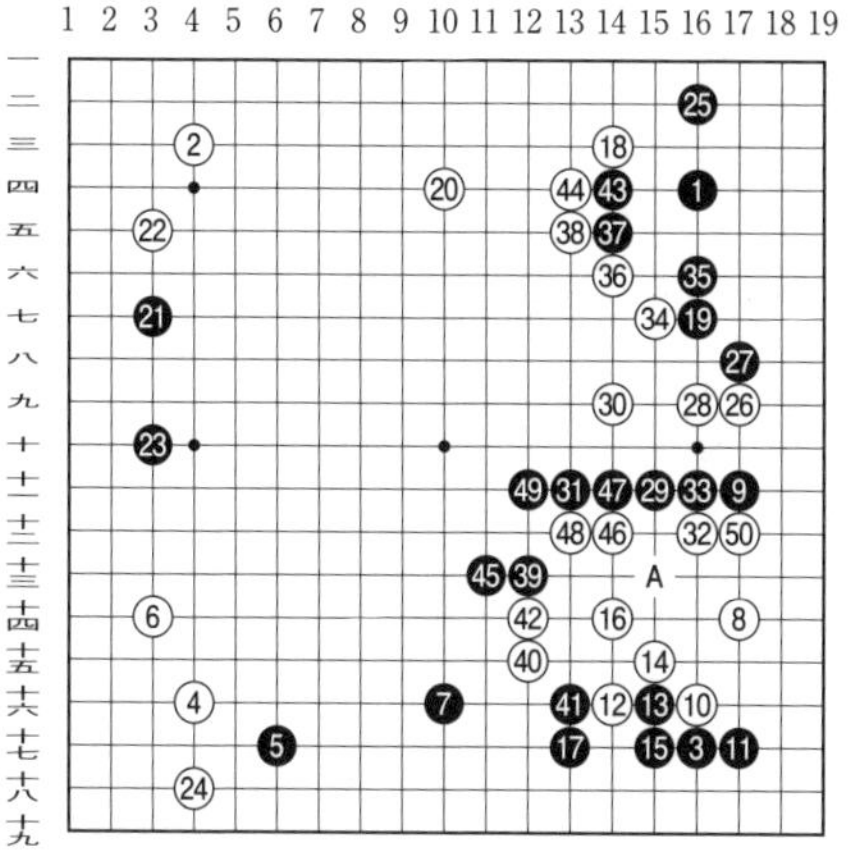

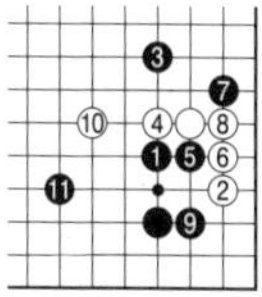

参考図①

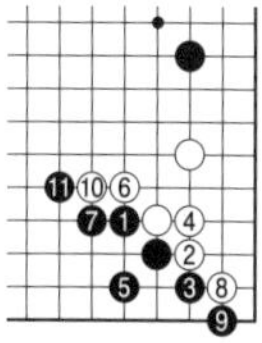

参考図②

させて、白がうまくサバいた感じだ。

黒は参考図②のように、11とハネ上げる常形を選択すべきではなかったか。

ともあれ白24、黒25と互いに隅を固め、まずは互角の立ち上がり。

白26の打ち込みから局面が動き出し、一気に競り合いになった。

白34とツケたとき、黒35が緩着。ここは受けずに、黒Aなどと右下の白の一団に攻撃を仕掛けたかった。

黒37、43は俗手。二間に飛んだ白の薄みを外から衝きたいところ。白50までと治まってみると、むしろ黒に薄みが目立つ。

黒の大石に危機（50―111）

【第二譜】白番の宮戸さんは、筆者が会長を務める滋賀県職員囲碁サークルの発足時からのメンバー。大津市在住の五十七歳。三十五年の棋歴を誇り、本大会への出場は二十四回を数える。今回を含めての通算成績は三十七勝三十六敗。棋力は鯨崎さんと同じ四段。

滋賀県庁Bは吉村充隆五段、伊藤青史五段、嘉瀬井豊四段、宮戸四段、森野恵達五段という出場経験豊富な五人で編成されている。

黒53が鯨崎さん気合いの切断。しかし、白62まで（途中黒59のアテは保留するところ）上下の黒がややカラミ形になり、黒65の備えに白66とマゲられては苦しい。

黒67は打たずもがなの俗手。自らをダメ詰まりに導くとともに、68のハネ出しからの切断の味を失ってしまった。

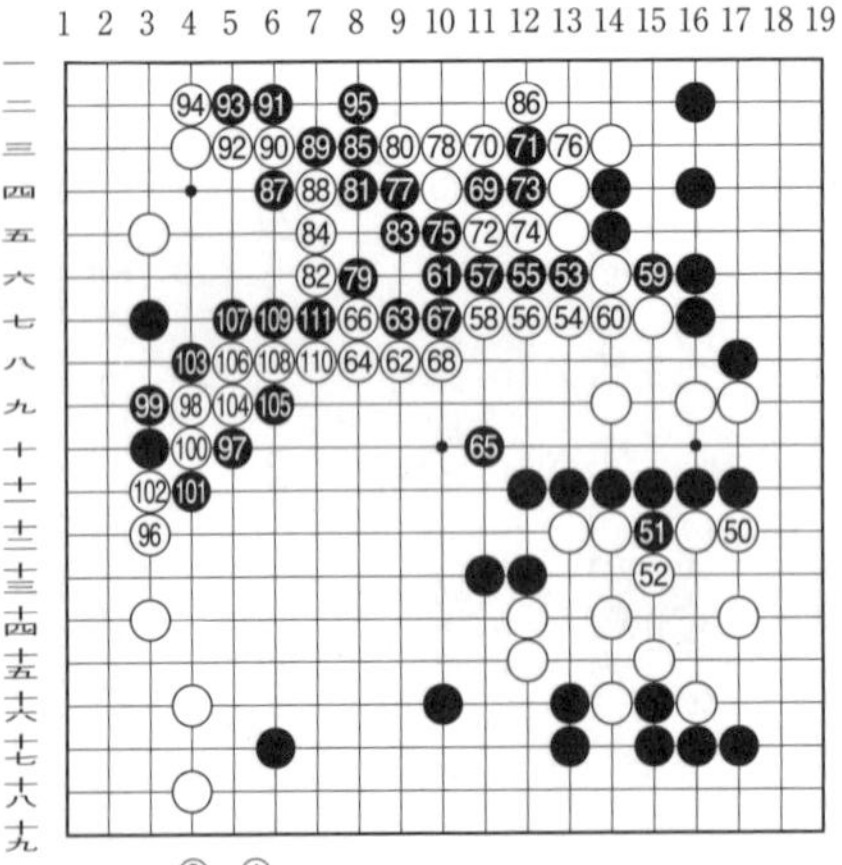

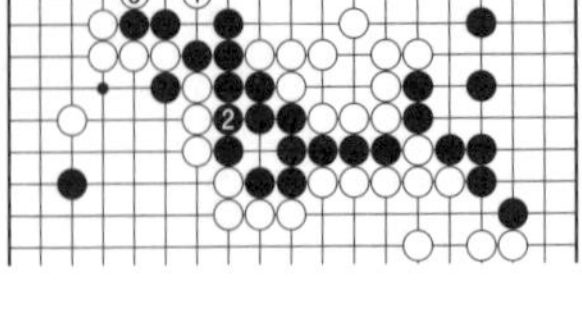

黒は69から71と懸命に事態の打開を図ろうとするが、白72と根元から切られ、黒77で86に下がれないのがつらい。白も86の抜きは不要で、この手で90と打っていれば、黒の大石と命運が尽きていただろう。

さらに、白96以下の手ではいつでも参考図の白1と打てば、黒の大石に生きはなかった。詰碁の問題として出されたならば、正解を見つけるのは容易だが、実戦ではつい見逃してしまうものかもしれない。

ともかく黒111で、上辺の大石に限ってはひとまず安泰の形を得た。

白の種石が御用（111―148）

【第三譜】滋賀県職員囲碁サークルは昨年、創設三十周年の節目を迎えた。三十八回を数える本大会の歴史とほぼ重なり合う。

「京滋」の冠に恥じない大会であってほしいとの思いで、ずっと複数チームをエントリーしてきた。ここ数年、ようやく強豪チームの一角に数えられるようになったが、今年も準決勝で涙を飲んだ。

何としても職域の部で優勝杯を湖国に持ち帰りたい。これが我々の積年の悲願である。

さて、局面に目を転じると、一難去ってまた一難で、今度は黒の左辺の大石に危機が迫る。黒15と一眼を持っても、白16から18で二眼はできない。ところが、ここで宮戸さんが白20と転戦したのはどうしたことか。白Aへツゲば大石に生きはなく、それで十分だった。先に白20へ利かしを打ってから、という算段だったのかもしれない。だが、すかさず黒21と生きを確保された。宮戸さんの「しまった」という顔が目に浮かぶ。

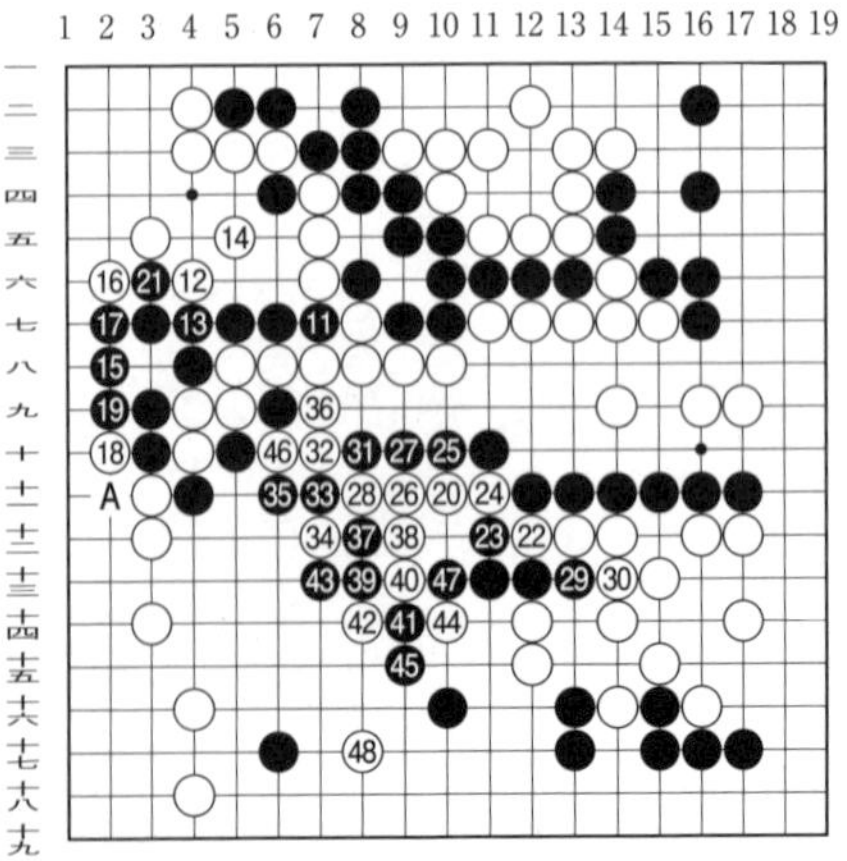

勢い白22から出切って不利は考えられないものの、局面が紛れてきたことは確か。碁は決めるべきところで決めておかないと、逆転を許すことがある。筆者も幾度となく経験していることだ。

黒31に対して白32とハネた手が性急。白32では黙って33にノビておくべきで、そのとき黒32に対しては35と応じて二カ所の切りが見合いとなり、何事もなかった。

ところが、白32とハネたために黒33に切られ、もうただではすまない。白はダメ詰まりのためどうしようもなく、結局黒47まで種石が御用となってしまった。

ここで非勢とみた宮戸さんは、白48と勝負手を放つ。周囲の黒が厚くなった後だけに、果たしてうまくいくかどうか。ここの戦いが勝敗の行方を左右しそうだ。

白、混戦を制す（148—170）

【最終譜】白48の打ち込みを決行されて、鯨崎さんは小考の後、黒49の一間トビで応じる。しかし、残念ながらこの手が甘かった。

ここは参考図の黒1と愚直に並ぶのが最強で、白が生きるのは困難だった。白52から56が鮮やかな手筋で、白の気楽なコウ。黒59に対して、白はコウを解消して優位に立った。

黒67にも白70で右下の白の一団は生き。かくして、勝利の女神は、最後に混戦から抜け出した白にほほえんだ。

宮沢吾朗九段のファンで、豪快な攻めが好きという宮戸さんの、いい意味でも悪い意味でも特徴がよく出た一局だった。一般的なアマの陥りやすい通弊が随所に表れて、親近感を覚えた方も多かったのではないか。

滋賀県庁Bは、京都銀行を四—一で制して幸先良い一勝を上げたが、続くＫＰＣ、京都府警

Aに連敗し、筆者の属する滋賀県庁Aと揃っての枠抜けはならなかった。

一方の京都銀行も、KPCを破ったものの一勝二敗で結局この組からは、強豪京都府警Aが決勝トーナメントへの進出を果たした。

最後に京都銀行のメンバーを紹介して、健闘を称えたい。

西川拓六段、中西正四段、岡崎政志六段、鯨崎四段、堀田敬一五段。

171手以下略　白中押し勝ち

58（50）コウトル、60（50の上）ツグ

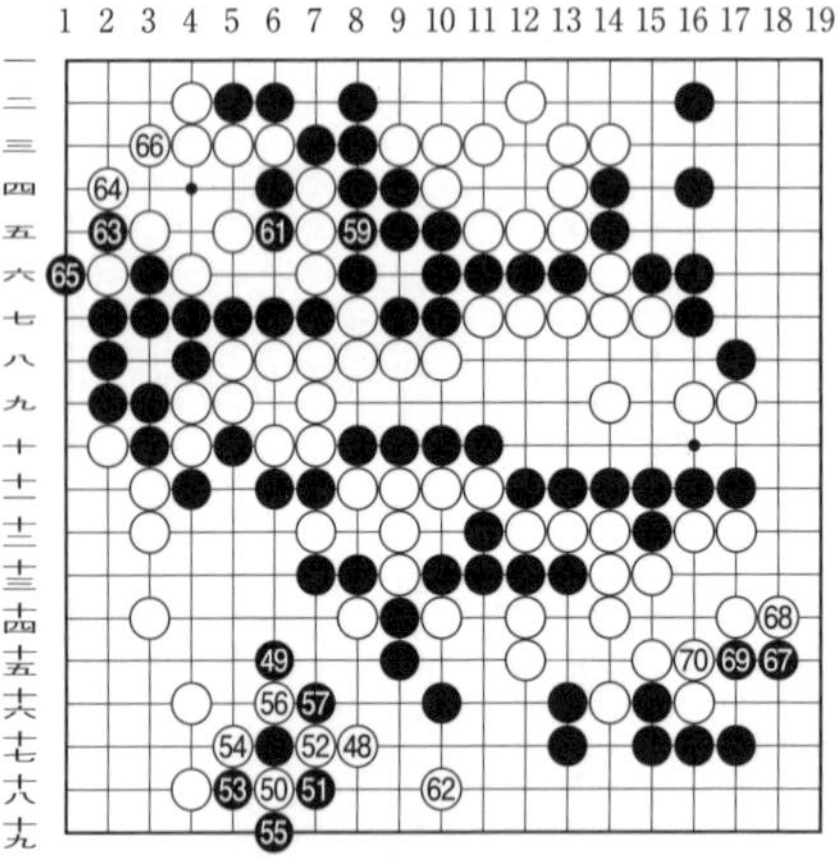

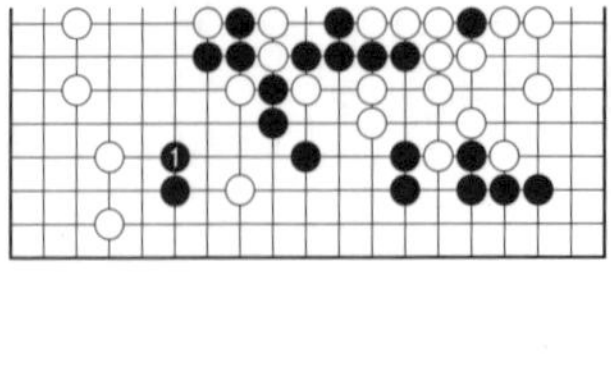

第十一回京滋男女ペア囲碁まつり観戦記

第八局　Aクラス　二回戦

白　和田ユリ子（三段）　黒先　鈴木　理子（初段）
　　吉村　信雄（五段）　　　　鈴木　康夫（五段）

京滋ペア対決（1―51）

【第一譜】京滋男女ペア囲碁まつりと銘打った本大会にふさわしい、京滋対決の熱戦譜をお届けしよう。

京都方は京田辺市在住の鈴木さん親子ペア。対する滋賀方は近江八幡市、大津市にそれぞれ在住の吉村さんと和田さんの知人ペア。手合いはポイント差で鈴木ペアの定先だ。

今回、滋賀の女性囲碁愛好者の集まりである「石楠花会」からは、第一回以来フル出場の宇佐美栞さんら六人の精鋭が出場された。

このうち三人は友好関係にある滋賀県庁囲碁サークル会員とのペア。和田・吉村ペアもそのうちの一組だ。

さて、盤面に目を向ける。黒が1~5の珍しい構えでスタート。これに対して白は上辺星に6と打ったが、37に小ゲイマジマリが普通だろう。

白8のハサミに対して黒9の一間トビは甘い。白も10と受けずに37にツケてワタる方が良かった。

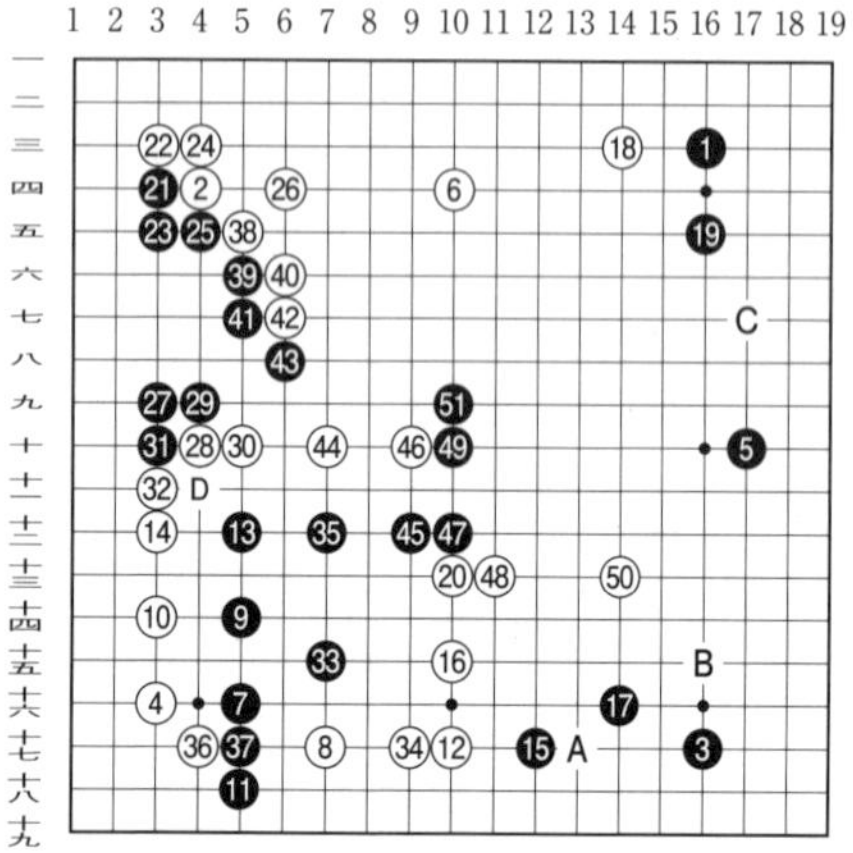

白11と分断されたとき、12の二間ビラキが当然のようでやや疑問か。黒15とツメられて下辺が窮屈になり、逆に黒の右辺の構えが豊かになったからだ。白12では譜のAと打ち、下辺のヒラキとBのカカリを見合いにするような手も考えられたか。

白18の変則カカリは、黒19と換わって少し損。白20もすまし過ぎではないか。左辺を白28と打つか、2の石からのシマリだろう。

白26は明らかに緩み。38と頭をハネて何も悪いことはなかった。

白28は、ここを割いてもあまりごちそうは出ない。

Cと打ち込むなどして、黒地の荒らしに回りたかった。白34は働きに乏しく、疑問だろう。
黒はDの断点をにらみながら51と中央をノビきり、好調の序盤戦である。

黒、上辺で仕掛ける（51―69）

【第二譜】本大会に七回目の出場となる吉村さんは、現在、県庁囲碁サークルの副会長。会長である筆者のよき協力者であり、ライバルでもある。碁以外の趣味はアウトドア指向で、野球とゴルフが得意。最近では特に後者に力を入れており、スコアもようやく100を切るまでに上達してきたとのこと。

碁の方は、体育会系に似合わず（?）かなりのこだわり派。部分の最善手を追求したいタイプで、木を見過ぎて森を見失うという面もなくはない。対局時計を使う碁では、時間切れ負けを何度も経験しているはずだ。

一方、筆者とペアを組んだこともある和田さんは七回目の出場。碁を打っていればほかは何もいらないというくらいの碁好きで、大らかさが持ち味。外向的な性格で笑顔を絶やさず、この人の周りにはいつも明るい雰囲気が漂っている。

碁風の異なる二人がペアを組んだ場合、うまく欠点を補い合うことになれば大きな力となるが、裏目に出ると力を削ぎ合うことになりかねない。そのあたりもペア碁ならではの魅力と怖さであろう。

白52から60まで堅実に治まった感じだが、黒も味よく隅を地にして不満はない。

黒61はちょっと守りに偏した囲い。Aのノゾキから Bと上辺に打ち込むチャンスではなかったか。

黒は63を先手で打ち、返す刀で上辺67のツケ。この手が最善かどうかは疑問だが、ここを荒らされると地合いのバランスが崩れてしまうので、白は68と上からハネて頑張る。対して黒は69と手筋のハネ返し。さて、白はどう応じればいいのだろうか。

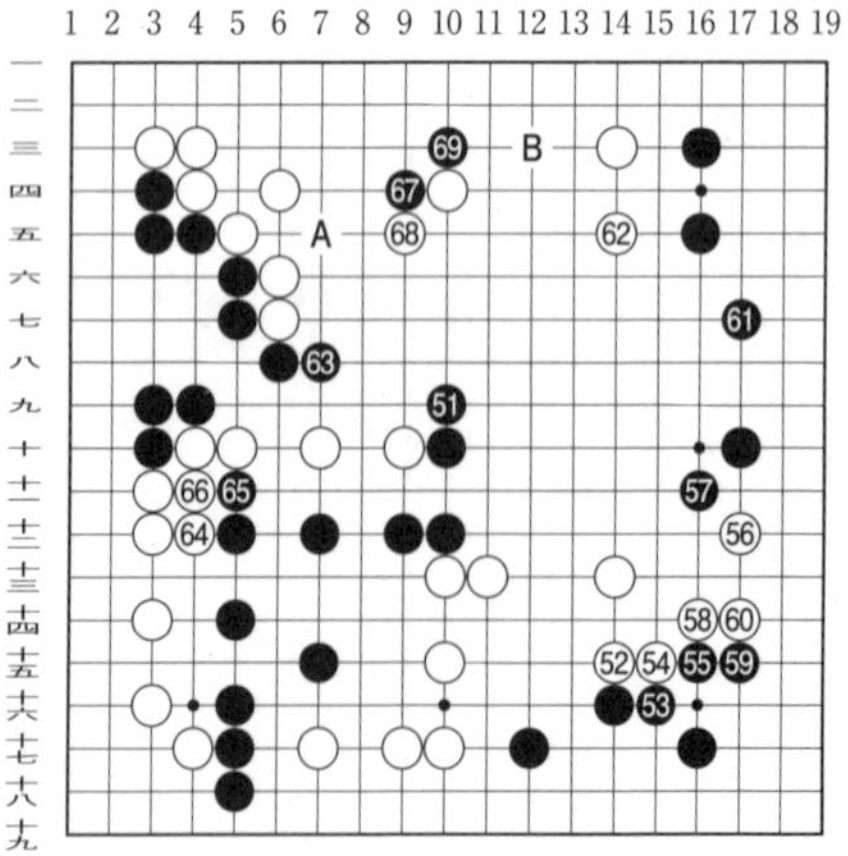

白の勝負手成功（69―101）

【第三譜】鈴木さん親子ペアは本大会に二回目の出場。康夫さんは二十五年の棋歴。趙治勲十段のファンで、自らの棋風は手厚いがぬるいという。吉村さん同様、碁以外にテニスやジョギ

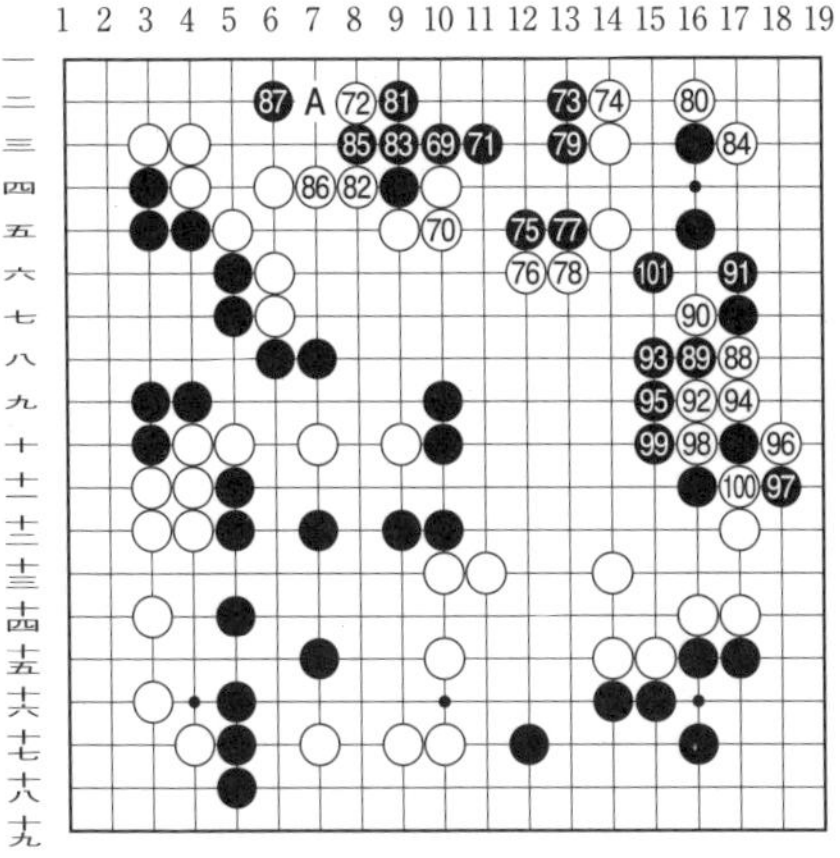

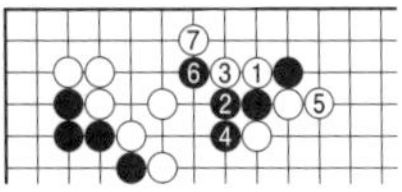

参考図①

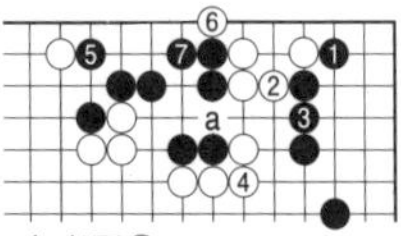

参考図②

ングなどスポーツの愛好家だ。

まな娘の理子《りこ》ちゃんは現在小五だが、幼稚園くらいで碁を覚え、日本棋院京都城南支部の囲碁大会で三位に入った実績を持つ。梅沢由香里五段が好きだそうで、理由は「美人で優しそうなのに、碁が強い」と、いかにも女の子らしい答が返ってきた。

盤面に目を戻すと、白の和田さんは70のツギ。ごく普通の手だが、黒71と横にノビられていささか甘かった。ここは参考図①のように運んで、上辺を地にするのがよかった。白72は吉村流の苦心の一手だが、黒の一団をせん滅するのは無理のようだ。

黒81では参考図②の黒1が成立した。黒aが利いて上辺の黒は生き。実戦は大きな白84のハネが打てて地合いを盛り返した。

ところが、黒85に対して白86と引いたのが問題。隅の地を大事にしてAと引くべきで、黒87との出入りがたまらない大きさだ。

白88のツケは白の勝負手。100までの結果は白の大成功で、形勢は混沌《こんとん》としてきた。

黒、接戦を逃げ切る（101―147）

【最終譜】白は黒1に2と素直にツギ、すかさず黒3とオサエられたのが痛かった。白2では3のノビか28のカカエがべらぼうに大きく（黒2の切りにはAのヒキでよい）、それなら形勢は白が面白かったかもしれない。

白は10から懸命にヨセる。だが、黒47となって、コミのない本局では少し届かないようだ。

鈴木ペアにとっては、序盤の優位を勝利に結びつけた逃げ切りの一局。和田・吉村ペアにとっては、いったん敵を射程に入れながら、捕まえ切れなかった残念譜だろう。が、双方の間然するところがない戦いぶり

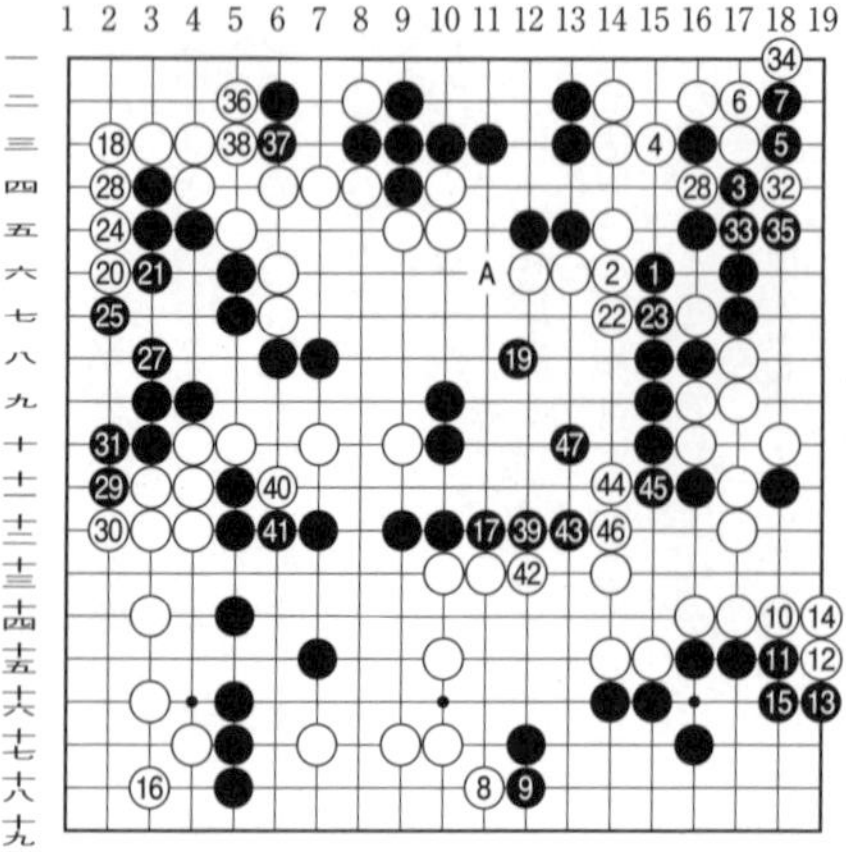

に拍手を送りたい。

和田・吉村ペアはこの碁に敗れて二連敗。しかし、その後奮起して二勝二敗の五分に持ち込んだ。鈴木ペアも同じ二勝二敗だった。

熱戦を終えた女性お二人に対局の感想を聞いてみた。

「ペア碁がとても好きです。変な手を打ってもフォローがあるし、普段打たない手を打ってもらえるからです」(理子ちゃん)

「どの大会よりも楽しいけれど、どの大会よりも疲れますね…」(和田さん)

この日の帰途、石楠花会の六人と筆者を含むパートナーの面々が京都駅近くの居酒屋に集い、反省会と称して打ち上げ会を催した。お酒が入り、和やかな雰囲気で囲碁談義に花が咲いたことは言うまでもない。

最後に吉村さんの後日談。「この碁を振り返ると、どうも自分の着手に問題が多い。もう一度原点に戻る意味で、秀策の碁を勉強しています」と。

その心意気に筆者も感じ入っている。

148手以下略　黒5目勝ち

十一日間の入院日記

平成十年の七月末頃の夜、自転車で帰宅途中に転倒し、顔面を擦りむいたことがあった。傷の方は一週間ほどで癒えたので、特に気にしていなかったのだが、十月になって断続的な頭痛と目の違和感を覚えるようになった。二カ月以上経っているので、まさか転倒事故との因果関係はないだろうと思いつつ、頭痛薬等を服用してもすっきりとは治らないので心配になり、十月十六日に職員診療所で診察を受けた。その際、藤井先生から念のためにとＭＲＩ検査を勧められ、精神保健総合センターならすぐにみてもらえるということで、十月二十日の午前に検査の予約をとってもらった。

平成十年十月二十日(火) 曇

いったん通常の時間に出勤し、仕事を少しこなした後、午前十一時に予約してあるＭＲＩ検査を受けるため、午前中いっぱい休みをとって、びわこ文化公園都市の福祉ゾーンにある精神保健総合センターへ行く。

頭を固定されてカプセルのような所へ入り、ガンガン鳴る音を聞きながら、三十数分間じっと待つ。終わって出てくると、先生から話があるという。これは何かあったなと、背筋に寒気が走る。何があっても動転するまいと自らに言い聞かせながら、着替えを終えて医師の所へ行く。

既に今撮られたばかりのフィルムが、裏からの光に照らされて壁面に並べられており、「頭部の両側に白く映っているものがあります。おそらく血腫《けっしゅ》だと思われます」との医師の説明。反射的に脳腫瘍《しゅよう》ということが頭に浮かんだので、「脳腫瘍ではありませんか」と聞くと、「腫瘍ではありません」という返事。とにかく最悪の事態だけは避けられたと内心安堵する。

次に医師の口から出たのは、「クモ膜下出血が疑われます」との意外な言葉。こんな慢性的な頭痛でクモ膜下出血ということがあるのかなと妙に冷静になって思ったが、「滋賀医大の脳神経外科に連絡をとってありますので、直ちにこのフィルムを持っていってください」との指示なので、事務局に勤務している知り合いの宮戸副課長に頼んで、近接の滋賀医大まで車で送ってもらう。

気休めのつもりで受けたＭＲＩ　異常所見に医大直行

滋賀医大の脳神経センターで診察を受けると、フィルムを見た医師が「クモ膜下出血という連絡が入ったのでびっくりしたが、これは違う。慢性硬膜下血腫ですよ。二、三カ月前に頭を打ったことはありませんか。血を抜いて洗浄すればすぐに治ります。心配することはありません」とおっしゃる。七月末の自転車での転倒のことを思い出し、ああやっぱりそうだったのかと納得。異状なしと言われるのが最善だが、症状と原因の関係がはっきりして、むしろよかったという気持になる。

しかし、主治医としてお世話になる初田医師から「手術は少しでも早い方がいいので、今日やってしまいましょう。二週間程度は入院していただくことになります」と言われて少しあわてる。何せ手術も入院も未体験だし、検査を受けてすぐ戻るつもりで職場を出てきたので、弁当が入ったショルダーバッグも置いたままなのだ。

診断は硬膜下血腫　命には別状なきも即日手術

手術・入院となると手続きやら身の回りの品の準備やらで家族の手が必要となるので、妻にすぐ医大まで来てほしい旨電話をし、併せて職場へも連絡。事前の検査は、血液検査と頭部レントゲン撮影のみ。

辛いのは、頭の両側にメスを入れる関係で、剃髪《ていはつ》が必要なこと。ああだこうだと考える暇もなく理髪室へ連れて行かれて、バリカンで自慢の（?・）ふさふさした髪をバッサリと落とされたうえに、剃刀《かみそり》まで入れられて完全なスキンヘッドとなってしまう。その間に妻が到着してくれる。

愛惜に浸る間もなく手際よく髪を剃られて直ちにオペへ

午後二時五十分、手術開始。目隠しはされたものの、局部麻酔なので意識は明瞭。二人の執刀医の会話の一部始終が耳に入る。初めに右側頭部の頭蓋骨《ずがいこつ》に穴を開けられ、ガーガー、ジャージャーという音とともに、血腫の吸い出しと洗浄が続けて行われた様子。傷口の縫合の後、左側も同様の手術が施されて無事終了。手術時間は、全部で二時間程度だったらしい。

身が縮む　部分麻酔で頭蓋《とうがい》をドリルで穿つ音の響けば

血を抜いて洗浄すればすぐ済むと言われた手術それでも二時間

入院は三B棟の三〇三号室。四人部屋だがベッドが一つ空いていて、現在は三人。頭を起こすことができないので、夕食は寝たままとるしかない。妻に手伝ってもらって、どうにか半分程度食べることができた。

十月二十一日(水)　曇

昨晩は、手術の傷口の痛みもさることながら、腰から背中の下部にかけての何とも言えないだるさと鈍痛のため、熟睡できず。ベッドから離れられないため、小用はしびん。初めての使用時は、尿が思うように出てくれず苦労したが、二回目からはうまく使えるようになる。

朝食はたまたまサンドイッチだったので、何とか食べられたが、箸を使って食べるものやスープ・味噌汁のたぐいには苦労する。昼食時には妻が来てくれて、食べさせてもらったが、夕食は一人で難儀した。昨日の手術の後、腕にはずっと点滴の管を付けっぱなし。

手術から二日点滴寝たきりで食事のスープ飲むのに難儀

夜ＣＴ検査の後、手動式のベッドから最新の電動式のベッドに取り替えてもらう。手元のスイッチでベッドの角度を調節できるので具合がいい。

十月二十二日（木）　晴後曇

夜中にしびんで用を足した際何かの拍子に点滴の管がはずれて液が洩れていたので、点検に来た看護婦さんが点滴を止めてくれる。

昼食からは、ベッド上で上体を起こして食べることが許される。トイレも自力で歩いて行っていいことになり、動けない辛さから一気に解放される。手術以来初めて大の方が出た。午前十時から午後三時ごろまで妻が付き添ってくれる。

夕方になって頭痛が強くなったので、看護婦さんに頼んで鎮痛薬を服用。三十七・五度の発熱。夜には両方とも収まる。夕食のカレイのバター焼きはおいしく食べられた。

自覚症状があったのだから、もう少し早めに検査を受ければよかったと思うが、その遅れが命取りになるような病気でなかったことは幸いだった。

十月二十三日（金）曇

昨夜はよく眠れて午前六時のモーニングコールで起こされる。朝食は温かいトースト二枚とスープ、それに牛乳とオレンジ。

午前十時ごろ初田先生が見えて、傷口の消毒とガーゼ等の取り替えをしてくださる。「奥さんが見えたらＣＴの結果について説明したいので一緒に来てください」とのこと。十一時前に妻が来てくれたので、初田先生の所へ伺う。以前のＭＲＩと一昨日のＣＴのフィルムを示しながら、回復は順調との説明を聞いて一安心。ただし、再貯留の可能性がゼロではないので、一週間後、二週間後に再検査を行うとのこと。

昼食前にＴさんという人が同室へ新規入院。脳腫瘍の疑いがあって、これから検査をされるという。

昼食の冷奴はボリュームたっぷりだったが、全部たいらげる。午後一時三十分ごろから妻に助けてもらって手術後初めてシャワーを浴びる。さっぱりしていい気持だ。

妻が午後二時三十分ごろ帰ってすぐ、ベッドでうとうとしていたら突然吉村（信）君の顔が目の前に現われたのでびっくり。一通り経過を話し、私が思いのほか元気なのを確認して帰った。心から案じて来てくれた様子で、本当にありがたいと思う。

その間、偉い先生を中心に十数人の医師団が順次患者のところを訪れる回診とやらを経験。そのころから頭の傷口が間欠的に痛み出したので、鎮痛剤を頼んで服用する。夜には痛みも収まってくる。今日から点滴がなくなり、代わって食後にカプセルと錠剤を服用。同室のKさんは外泊許可をもらって、回診の後長浜の家に一時帰宅された。

ベッド横の脇置き(物入れ)が古くなったということで、すべて新しい物と取り替えられる。ベッドも脇置きもさらが使えてラッキーだ。

午後六時、夕食を取ろうとしたところへ妻と和歌子、詩織が来てくれる。子どもたちは丸刈りの頭を見てびっくりするような様子もなく、「結構なじんでる」との評。三人で夕食を食べて帰ると言って、一時間足らずで病室を後にした。

三日後に見舞いの愛娘《むすめ》達と初対面　坊主頭に「違和感ないよ」

午後九時消灯になった後、寝入り端に看護婦さんが「もう一度血圧を測らせてください」と突然やってきたのでびっくりする。職務に忠実なのはいいが、タイミングを考えてもらわないと。

十月二十四日(土)　曇後晴

休日で診療や検査が行われないので、病棟内もやや閑散としている。午前十一時ごろ、土屋君が奥さんを伴って見舞いに来てくれる。明日の京都団体囲碁選手権大会への出場選手が揃わなくて苦労してくれたらしいが、大原君と山中君に了解をもらった由。決勝トーナメントを目指して私の分もがんばってほしいものだ。

午前中は頭がすーっと軽くなった感じ。そうなると急に今まで感じたことがなかった寒さを覚えるようになる。

昼食を取っている最中に妻が来てくれる。手術後初めて妻に付き添ってもらって病院の玄関まで歩き、帰りに売店に立ち寄って新聞を購入。

午後二時ごろ、茂夫義兄夫妻が見舞いに来られて、リチャード・カールソン著『小さいことにくよくよするな!』をいただく。一時間ばかり話をし、思ったより血色もよく元気なので安心したと言って帰られた。

午後四時過ぎには雅信と洋子さんが居島さんを伴って来てくれる。今度もベッドに座って一時間程度話をする。同じ経過説明を相手が替わるたびに何度もしなければならないけれども、気が紛れて時間の経つのを忘れる。普段はつい忘れがちになるが、入院したりすると、大勢の人の支えがあってこそ生きていけるのだということを実感する。ありがたいことである。

今日は午後になってもそれほど頭痛がひどくならない。どうやら順調に回復してきているようだ。三食ともほぼ全量摂取。夜は、Kさんが借り受けておられるポータブルテレビで、しばしの間プロ野球日本シリーズを観戦。午後九時には消灯となるので、もちろん放送終了時間までは見られない。

十月二十五日(日) 晴

入院生活は、朝六時起床、八時朝食、十二時昼食、十八時夕食、二十一時消灯(就寝)ときちんと日課が定められている。ただ、食事は朝を除いて、一定のメニューの中からあらかじめ選択することになっているので、ある程度好みを聞いてもらえてありがたい。

まさに三食昼寝付きで、その上検査や検診の時間以外これをしなければならないという義務や責任は何もなく、ここでは時間がゆっくりと流れている。いつになれば快癒するともしれぬ病気と戦っている人の気持を逆撫でするのではと恐れつつも、あえて言わせてもらえば、日常の時間の桎梏《しっこく》から解き放たれて、退屈という以上に心の平安さえ感じることができる。一時的にせよ時間や組織のしがらみと無関係でいられることが、これほど心地よいとは思わなかった。

入院の退屈よりも組織から解放されてこの心地よさ

ここまで考えてきて、今の入院生活とそっくりなものが別に存在することに気がついた。それはわが家にも居る飼い犬である。あるいはもっと広げてペット一般と言ってもいいだろう。首輪を付けられ囚われの身(入院生活だって動ける範囲は限られている)ではあるが、三食(わが家の犬は一食プラスアルファ)昼寝付きで、果たさなければならない義務も責任も、さらには煩わしい犬間関係もなく、精神的には極めて自由である。

人間なら入院中でも読書や思索や物書きなど知的営為が可能ではないかという反論が出てきそうだが、それは人間の側から見た発想であって、犬は犬で人間などとうてい思い及ばぬ楽しみを持っているかもしれないのである。

社会から断たれ三食昼寝付き入院生活ペットに似たり

入院生活の一日が朝六時に始まって極めて規則正しいことは先にも書いたが、犬の一日の生活パターンもこれに酷似している。時計を持っているわけでもないのに、夏でも冬でも六時そこそこには目を覚まして行動を開始するのだ。しかし、動物としてはそれが当たり前で、自然のリズムに逆らって夜遅くまで活動する人間こそが、自然界の一員であることを忘れてしまっているのではないか。

手術前に剃り落とされた頭髪がわずかではあるが伸びてきた。最初、これはえらいことになったと泣きたい気持だったが、今ではそれほど気にならなくなった。というより、このスタイルが入院生活には最適とさえ思うようになった。

なぜなら、これだと手入れの必要がほとんどないからだ。入院中は通常の生活のように手軽にシャンプーやブローができない。頭部にメスを入れたとなればなおさらだ。シャンプーができなければ頭髪は汚れてくしゃくしゃになり、不快感が募って体にも障る。その点坊主頭なら、何も気にしなくても済む。

丸刈りのざりざりとした手のタッチ十七歳にタイムスリップ

職場復帰を果たしたとき、知っている人と顔を合わせるたびに、おそらく頭を丸めたいきさつを説明しなければならないだろう。ちと煩わしいが、心に期するところがあってと冗談めかして言ってみるか、あるいはいきさつを書いたペーパーを常時用意して聞かれるたびに渡すのが手っ取り早いかなどと思いを巡らす。

朝のうち中島先生が来られて、ガーゼの取り替えをしていただく。経過が順調なので、退院が早くなるかもしれないというありがたいお言葉。

昼前、今朝夜行バスで東京での研修から帰ったばかりの美沙都を含めて家族全員が顔を見せてくれる。和歌子は須田君に出会うため午後一時過ぎに帰ったが、他の三人はそのまま残ってくれる。

午後二時過ぎから、おふくろ、貞夫義兄夫妻が相次いで見舞いに来てくれる。さらに、近所の疋田さんの奥さんまでも姿を見せていただいた。大勢になったこともあって、疋田さんはすぐに帰られたが、貞夫さん夫妻には三時ごろまで居ていただいた。おふくろは、妻、美沙都、詩織とともに三時三十分ごろ帰ることになったので、病院の玄関まで送る。転倒したりすると困るので、意識的にゆっくり歩いているが、歩行自体には何の問題もない。

入院前に途中まで読んでいた『95年版ベストエッセイ集　お父っつあんの冒険』を読了。夕食後、Kさんが外泊からご帰還。三人の部屋に戻る。

十月二十六日(月) 曇

入院生活も一週間になると、一日の生活のリズムが身に付いてきた感じだ。「食事ですよ」の声がかかると廊下に出てもらい受け、給湯室へ行って急須にお湯を注いでくる。煎茶パックで入れたお茶を用意して食事。済めば抗生物質の錠剤とカプセルを一個ずつ服用して、食器類を所定の位置へ返却する。帰りにナースステーションのカウンターに置いてあるホワイトボードに、ご飯とおかずの摂取量を十点満点で書き込んで病室に戻るのだ。たいてい全量たいらげているので、記録はほとんど十/十。

昼食後一人で入浴。前回は妻の介添えを得て、シャワーのみだったが、今日はバスタブにお湯を張って体を沈める。何とも言えず気持がいい。

バスタブのほかほかの湯に包まれて入院の身をしばし忘れり

下着を替えて病室へ戻ってきたところへ妻が来てくれる。その直後に定例の助教授回診がある。回診の医師団が去った後、妻と一緒に院内を散歩。前回よりは距離を伸ばす。特に用事もないので、妻は午後三時に帰る。

今日県庁では、企画県民部の政策課題知事協議が行われている。そんな大事な日に病院のベッドの上に居なければならないのは、まことに不本意だが、健康体になるのが第一だから、あせるのはよそう。

来訪者はなし。抗生物質の服用も今日で終わりとのこと。夜、デールームで日本シリーズをテレビ観戦。

十月二十七日(火) 小雨

明け方私にしては珍しいくらい熟睡していたところへ看護婦さんが来て、腕から採血される。外はほの暗く、時計を見るとまだ五時三十分だった。血糖値の検査が含まれているので、早朝に採血する必要があるという説明だったが、本当にこの時刻でなければならない医学的根拠があるのだろうか。朝食は八時なのだから、それまでにさえ済ませたらいいのではないか。

朝食後初田先生に呼ばれ、処置室で抜糸。髪が少し伸びてきて絆創膏《ばんそうこう》が浮き上がってしまうので、ネットをかぶせてもらう。明日になればガーゼが取れるとのこと。となれば、ネットをかぶるのも今日だけだ。病室に戻ると、O君という高校生くらいの新たな入院者がある。これで四つのベッドが全部埋まる。

今日は妻がいつもより早く午前十時前に到着。洗濯物とともにモード履きを持参してくれたので、早速それを履き、小雨が降っているにもかかわらず、入院以来初めて病院の外へ出て病室から見えている日本庭園(?・)を散歩。戻るとシーツ類の取り替えがある。妻は午後に中学で進学に関する三者懇があるというので、十一時三十分ごろ帰る。

今日午前中で政策課題知事協議が終わったはずなので、午後一時になるのを待って、企画課へ電話を入れてみる。西田課長と水上君に、職場に迷惑をかけていることを詫びるとともに、すっかり元気になって院内を普通に歩いていることを報告する。

『碁きちにささげる本』読了(再読)。時間はたっぷりあるのだから、この際めぼしい碁の本をじっくりと再読しようと思う。

十月二十八日(水) 晴

濃霧の夜明け。遠景の比叡の山並みはもちろん、至近距離にある看護婦寮まで霧の中に姿を隠している。

起床から朝食までの間に初めて散歩。病院の正面玄関を出てコースを左にとり、駐車場のところから日本庭園に入って一周する。朝の空気がすがすがしい。C棟の裏口から院内に戻り、一階の待合室でしばしテレビのニュースワイドを見る。今日未明に近江八幡市長が収賄罪で逮捕されたというニュースが流れてびっくり。

大の方を催したので、朝食前に済ませてしまう。このところおなかの調子はグッドで、太くて長いいいウンコが出る。これまでの五十年の人生の中でも、今が最高の状態ではないかと思うほどだ。

朝食は、一巡して手術の翌日と同じメニュー。サンドイッチはよかったが、コーンスープが飲みにくくて苦労したのを思い出す。

朝食後、初田先生が来られてガーゼをはずしていただく。きつくこすらなければシャンプーをしても大丈夫だという。

午前十一時ごろに妻が来室。体重測定があって六十キロちょうど。入院前から一キロ余り減っている。

左胸部に以前からできているしこりを診てもらうため、お願いしておいた皮膚科の外来から午後一時三十分になってやっとお呼びがかかる。先生の見立てでは「このまま放っておいても特に心配はない。どうしても治療したいと言われるのなら、注射や内服薬もあるが、当分塗り薬で様子を見たらどうですか。痛くなったり、痒くなったり、急に大きくなったらまた診せてください」とのことだった。

B病棟へ戻ってきたら、ちょうどタイミングよくエレベーターの前で見舞いに来てくれたおやじと出会う。午後三時過ぎまで病室で話をした後、風呂へ入りたいのでおやじと別れる。

風呂に入って頭の方も軽く洗い、さっぱりした気分で部屋に戻ってきたところへ、今度は英樹と千鶴さんが見舞いに来てくれる。今回のいきさつ等を一通り話したりして、午後四時前に帰った。

夜デールームでサッカーキリンカップ、日本代表対エジプト戦を観戦。中山のＰＫによる一点を守り切って日本の勝利。

日中は暖かかったが、夜になると急速に冷えてくる。

十月二十九日（木）晴

午前九時三十分ごろ看護婦さんから呼ばれて中央放射線部へ行き、ＣＴ検査を済ませる。いい結果が出ることを願う。部屋に戻ってきて、茂夫義兄からいただいた『小さいことにくよくよするな！』を読了。百の戦略すべてが納得できるというわけではないが、入院中に読むには格好の本だった。時間の制約や仕事のしがらみから離れて、人生とは何か、幸せとは何かを考えるとき、筆者が説く戦略に波長が合ってくるのだ。

あまり天気がいいので昼食後三十分余り外に出て散歩と日光浴。病棟裏の日本庭園には、アカタテハ、ヒョウモンなどの蝶が舞っていて目を楽しませてくれる。暖かい外気が肌に心地よい。

今日は多分来られないだろうと言っていた妻が、午後二時ごろ姿を見せる。これで手術当日から今日まで一日も欠かさず来てくれていることになる。こういう入院というような不測の事態に立ち至ったときこそ、妻の存在の大きさ、ありがたさが身に染みる。感謝の気持でいっぱいになりながら、持参してくれた柿を賞味。帰るときに駐車場まで送る。

無理をして来なくていいと言った日も妻の顔見て心和めり

夕食後、ベッドで本を読んでいたら、西田課長が見舞いに来てくださる。三十分程度今回のいきさつや仕事の状況など話をする。帰りぎわに「完治するまでゆっくり養生して」と声をかけていただいた。

十月三十日(金) 晴後曇一時雨

朝食後初田先生が来られて、昨日のCT検査の結果は順調で問題なしと言っていただく。週末の外泊の希望を述べたら、即座にOKが出る。月曜日の朝に戻ってくればよいとのこと。

外泊の許可をもらって妻を待つ心はすでに懐かしわが家

昼間は昨日同様絶好の天気だったので、昼食後約三十分かけて昨日と同じコースを歩く。足取りだけを見れば、もう健康人と変わらないのではないか。

午後二時三十分ごろ妻が到着。家へ持って帰る物をまとめて待っていたら、ほどなく回診の医師団が病室へ入ってこられる。チーフの松岡先生から「これだけ回復しているのなら、もう退院してもいいんじゃないの。主治医とよく相談してください」との言葉をかけていただき、回診が終わった後、初田先生と相談する。

昨日のCTフィルムを見せていただきながら説明を聞き、「順調に回復しているので、退院していただいて問題ないでしょう。次回のCTは十一月五日に外来で受けてください」とのことだったので、急きょ本日をもって退院することに決定。

早速職場へ連絡し、荷造りのやり直し。身の回りの物すべてを紙袋に詰め込み、看護婦さんたちにお礼のあいさつをした後、一階の受付で退院の手続きを済ませる。あまりにも急に退院が決まったので、うれしさよりもあっけにとられた感じ。ちょっぴり不安な気持も抱きながら病棟を後にし、振りだした雨の中を妻が運転する車で懐かしのわが家へ向かう。入院もバタバタなら、退院もまたバタバタであった。

回診の後でにわかに退院が決まりあわてて身辺整理
入院の十一日間途切れなく妻との逢瀬日ごと新鮮

入院生活は十一日間。大事に至らず、短期間で通常の生活に戻れることを何よりもまず喜びたい。とは言うものの、私にとっては、人生観を揺るがすほどの重い意味をもつ十一日間でもあった。あわただしく流れる日常の時間から一時的にせよ解放されて、色々と見えてくるものがあったし、思索にふけることもできた。これらをぜひ今後の人生の肥やしにしていきたいと思う。

家に帰るとすぐに政策調室の近藤、苗村、木村の三人が見舞いに来られる。当初病院へ行くつもりが退院したと聞いて自宅に来ていただいたとのこと。病気になると、普段は意識していない人々の善意が身に染み、自分は多くの人々に支えられて生きているんだということを実感する。

夕食に妻の手料理のヒレカツを賞味し、ワインをちょっぴりいただく。

立命館との交流戦を詠む

まだ夏の気配がわずかに残る平成十九年十月六日の朝、会場である職員会館音楽室へ赴くと、七人の侍が待ち構えていた。多くが今風の若者特有のヘアスタイルにTシャツ姿。若さがプンプン匂ってくる。それもそのはず、私から見れば、わが子というより孫の方へ少しシフトしている年齢なのだ。

初めての対抗戦に七人の若き侍勇躍来たれり

今回の対抗交流戦は、せっかく大学囲碁界の雄、立命館大学が近くにあるのだから、ぜひ一度お手合わせをというわけで、若きOBの吉村充隆氏に骨を折っていただき、次期主将に決まっている三回生の服部君と折衝してくれて実現に至ったものである。

とは言っても、何せ立命館は一芸入試に囲碁が入っていて、大学リーグ戦を何度も制覇している強豪中の強豪。県代表クラスがゴロゴロいるという状況では、まともな試合にならないし、相手に対しても失礼だ。

そこで、トップクラスにはご遠慮願って、大リーグで言えば3Aクラスの七人にお出まし願うことにした。段位で言えば、辛めの五～六段クラス。これなら何とか互先か定先で打てて、対抗戦としても意味がある。

一芸の入試で通りし猛者もいて若き棋士たち高段揃い

当方の出場者は、伊香、立木、吉村信、吉村充、土屋、石川、筆者の七人。対する立命館側は、六段四名、五段三名という陣容。

持ち時間各四十五分の四局打ち（ハンディ戦）。七段は伊香選手のみなので、六段四人と対局してもらうこととし、後はくじにより対戦相手を決める。

開会式では、県庁の就職案内のCDを配り、ぜひ県庁へ就職して囲碁サークルを盛り上げてほしいとPRさせてもらう。

七人のうち一人でも県庁へ来てほしサークル会長われは

試合が始まり、静寂が会場を包む。筆者の第一戦の相手は、村井君（五段）。穏和な感じの好青年だが、対局が始まると次第に目つきが鋭くなってくる。当方も一層闘志を掻き立てられると同時に、これだけ年の差がありながら、同じ土俵で対等に戦え、遊べる碁というゲームの素晴らしさ、ありがたさをしみじみと思う。

わが子より年端の行かぬ若者の盤面見入る鋭き視線
四十の年の差忘れ盤上の宇宙に遊ぶ境地愉しも

形勢はどうかと言えば、中盤にさしかかったところで、どうも当方の旗色が芳しくない。それほど差は開いていないものの、半歩ずつくらい前へ前へと進まれている感じなのだ。何とか局面を打開すべく考慮時間をとってあの手この手を繰り出すが、的確に応じられて紛れない。

長考の着手にたちまち応じられ消費時間がみるみる開く

結局一局目は、残り時間が僅かになったところで放った勝負手を咎められて完敗。チーム通算でも二勝五敗と大きく負け越す。

二局目に対戦した服部君（六段）は強かった。序盤から当方の石立ての弱点を衝かれて攻められる。必死に粘ったものの、とうとう大石の命運が尽きて、これまた中押し負け。チーム成績は、一戦目と同じ二勝五敗で、二連敗。

大石に迫る刃の容赦なく万策尽きて石投じたり

三局目の山崎君（六段）戦、四局目の松倉君（五段）戦は、いずれも細かいながら当方の優勢のうちに局面が進む。ところが、決めどころをことごとく逸して、相手に粘られ、ついには逆転を許してしまう。

そもそも粘りこそ、わが専売特許のはずであった。サークルの棋戦では、これまで粘りだけで拾わせてもらったような碁が何局あったか分からない。ところが近頃、身上とするその粘りに翳りが見え始めた。終盤にポキンと折れることがよくあるのである。

特に、相手が学生となると、明らかに粘り負けしてしまう。わが長所を生かすことができず、今まであまり記憶にない、屈辱とも言える四連敗を喫してしまった。

粘りこそわが売りなれど終盤に転けること増ゆ堰切れるごと
たかが碁といえども四連敗喫しさすがに気力失せそうになりぬ

チームとしては、ここへ来て奮起し、三戦目は三勝四敗と惜敗したものの、四戦目に至って四勝三敗と一矢を報いることができたのは、収穫であった。

この中で特筆すべきは、土屋選手が囲碁の一芸入試で入学したという強豪の小山君（六段）をも破って、ただ一人四戦全勝という快挙を成し遂げたことだ。これはわが囲碁サークル史に伝説として末永く刻まれることだろう。喝采。

全二十八局打ちて十一勝　熟年パワーヤングに屈す
両軍の中で唯一の全勝賞獲りて土屋氏伝説生まる

表彰式で立命館チームに勝利チーム賞を授与した後、場所を一階の「鴨川」に移して懇親会を開催。双方合わせて十四名の出場者全員が参加する。

この懇親会がいつものわれわれの「反省会」とは、どうも雰囲気というか勝手が違う。若さが充満していて、一言で言えば、まさに学生の乗りなのだ。中でも目立ったのが垂水君。すっかり打ち解けて和やかに杯を交わしつつも、学生のコンパに同席させてもらったような気分で、県庁側は圧倒されっぱなしであった。できれば今後もこのような対抗交流戦を続けることを申し合わせて宴を閉じる。

熱闘のあとの宴《うたげ》は打ち解けてはじけるばかりの学生の乗り

翌日曜日、NHK杯戦を見るためテレビをつける。そこで目にしたのは、自分のぎくしゃくとした石の運びとは全く違う、プロ高段者の流れるような着手であった。心洗われる思いがして、もう一度出直すことを心に決め、盤に石を並べ始める私であった。

日が替わりプロのテレビ碁流水のごとき着手に心洗わる

全敗の悔しさバネに基礎からの出直しを期し盤に向かえり

Ⅱ 短歌の部屋

―歌集『浅葱色の風』―

初孫

母親と見紛うほどの艶っぽさ初孫抱いて微笑む妻は

初孫を連れて職場の体育祭酒宴テントでジイジのデビュー

頑として我を通す孫にその母の幼き頃の姿重ねつ

孫と湯で「げんこつ山」の歌うたうタイムカプセル開けるように

台風の横雨ついて宮参り主役はずっと眠ったまんま

週末は孫のお相手〈アパマン〉をアンパンマンと読み紛うほど

もぞもぞと這い這い始めし愛孫《まな》のゴールは遥か二十二世紀

まんまるの月を指さし「おちゅちさま」帰省の孫の顔もまんまる

初めての部分日食見て子らは「かじった食パン」「欠けた虫歯」と

孫が来て積木とレゴでつくる家風呂場がでんと真ん中にあり

高齢化進む団地の夏まつり主役は今や帰省の孫ら

妻のバイエル

職場での懸案そっと軒下に置いて妻待つ玄関開ける

子らが皆外泊の夜ワイン酌み新婚のごと妻と向き合う

ケータイを持ちて妻への初メールキーさぐるうち画面暗転

ケータイを手にした日から〈帰るコール〉ばかりが並ぶ発信履歴

理髪店行くことなしに三十年ずっと「バーバー・ワイフ」の顧客

ジーンズをスーツに着替え「就活」の末っ娘《こ》顔まで大人びてくる

踏込みの端へスニーカー追いやって就活用の黒いパンプス

ダイニングに主無き椅子がまた一つ妻と二人の夕餉になりぬ

やわらかくそそぐ光に珈琲の香りたつ午後妻のバイエル

子らの名が並ぶ手製のプログラム妻の出番は二十五番目

今朝葱を刻み洗濯物干しし指が舞台で鍵盤を舞う

弾き終えて孫ら差し出す花束を両手に妻のまなこ潤めり

木犀の香気ともども妻が弾く「乙女の祈り」染み入る夕べ

つつがなく

山の端を燃やすがごとく昇りたる初日拝みて故郷へ走る

病み癒えし八十路の父にいざなわれ正月二日故郷を歩く

悠然と湖面に群れる水鳥を眺めて倦まず古里の春

この夏も帰省せる吾をつつがなく老父母揃い迎えてくれぬ

儲からぬ時計屋今も閉めぬのはボケ防止とて老父が笑う

夭折せる二人の兄に授かりし命とぞ父八十五の夏

盆に酔い出征の日を切々と語れり常は寡言の老父《ちち》が

老親と娘ファミリー集い来て四代十二の顔がほころぶ

激動の年にあれどもわが家では十大ニュース足りぬまま過ぐ

花便り

散り果ての文字が居並ぶ花便りやがて消えなん気づかれぬまま

面映ゆい主役を降りて静やかに桜は緑の季節を憩う

万緑に染まる自然のカンバスを淡き墨絵に変えて五月雨

川べりの木立に宿る鶯の声いや冴えて六月近し

六階の窓まで若葉あふれきて古びた屋根の日章旗《はた》を包めり

噎せ返る匂いを放ちプリペット主亡き家の陽射しに揺るる

屋上に旗の垂れいる昼下がり梅天目がけ鳩が飛び立つ

雨止めば襞目に雲の湧く比叡　立体画像となりて迫り来

叡山をすっぽり呑みて梅雨雲は湖畔のビルに触手伸ばせり

明け方の雨の名残の冷気立つ森抜けるまでしばし涼感

盆過ぎてなお原色の青を背に陽を友として百日紅燃ゆ

ゆく夏に蝉鳴きしきる森脇をウグイス連呼し選挙カー行く

浅葱色の風

休日に犬連れ歩く田の道を音量上げて飛ばすワゴン車

朝日浴び老犬と行く畦道に踏み場なきほど群れ生う土筆

乾きたる田に水満ちて夜回りの柝《き》の音《ね》かき消しかわず群れ鳴く

水《み》張り田のかなた黄金《こがね》に染まりたる穂並を駆けて初夏の秋風

水の田へせり出す更地に忽然と〈分譲中〉の文字がはためく

田の脇のかくも激しき流れ選りアメンボなぜに抗い泳ぐ

生垣に妻の厭いし毛虫ども殺すと見せて草間に放つ

連れ出せば歩を止め頻りに草を嗅ぐサリーにはサリーの愉楽ありやも

山土を剥がされ続けし凹地より焼却場が白く顕る

プレハブのあとに建ちたる平屋へと薪うずたかく運ばれ来る

秋の陽を浴びて刈田に伸びて来しひつじ穂撫でる浅葱色の風

冬の入り口

わが庭をここが世界と生きてきた虫たちの声日ごとに細く

木枯しにまじるかすかな虫の音にしばし名残の秋を愛でいつ

寒風に裸身を晒しすくと立つ桜は春のうたげに備え

朝まだき冷気の先にさえざえと繊月・明星添いて輝く

山の端と乱層雲の隙間より噴き出る冬の陽に手をかざす

真四角にフェンス巡らすビル間《あい》の池に三羽の鴨が憩えり

自動ドア開くたび枯葉の舞いこみて街への出口は冬の入り口

雨戸から微光漏れ来て月曜の朝の寒さをしばしまどろむ

湖に糸を垂れたる竿のごと雪空を裂く巨大クレーン

息荒くへばる若者擦り抜けて駆け上がりたり立木観音

雪晴れの空き地にひっそり小かまくら「こわさないで」と立て札つけて

雪消ゆと見えたる夕べの公園の隅にまろびて残れるだるま

朝の駅頭

強面《こわもて》で通る議員が笑みたたえ手出し駆け寄る朝の駅頭

湿っぽい空気蹴散らし軽やかにミュールが響く駅の階段

スカートと重ね穿きたるレギンスの少女ら朝のホームを駆ける

始発車に携帯画面覗きつつ向かいの少女は化粧を始む

Tシャツとベルトの間《あい》に肌覗く乙女ら朝の電車に眩し

顎先に鬚蓄えし少年の夏を裏切る脛の白さよ

平日の朝の国道這う車どれもせっせと空気を運ぶ

声高に列なし署名を呼びかける脇で黙してティッシュ配る人

午後九時の大津駅前タクシーとサラリーローンのサインが集う

雪積む電車

真向いのホームの椅子に定位置を占めていし人今朝も見えざり

毎朝の通勤に乗る〈網干行〉ふっと立ちたし網干の駅に

本線にしばし寄り添い夏草の中へと消える錆浮く鉄路

冷房の寒さに耐えた翌日は暖房利かして通勤電車

陽を避けて坐せば車窓の片隅に微笑みかけるような朝月

終着が近き車両を候鳥のように南へ下るひとびと

鈍色の雲の下より走り出て光にまどう雪積む電車

雪積もる中を始発がそろそろと進みしあとに鉄路顕わる

借り物の服

人事異動の内示の朝の高揚感去りて職場の空気弛緩す

年度末滋賀版紙面経典のように漢字がぎっしり並ぶ

異動して借り物の服着る心地拭えぬままにひと月が過ぐ

自転車で通勤十キロ二十年気がつけばはや地球一周

体温も声も息吹も伝わらず画面と向き合う電子決裁

週末に歌よむ我も職場では乾きたる文字Ａ４に打つ

深更に公用携帯ベル鳴りて急報吐き出す居間のファックス

日帰りの〈ひかり〉の窓にまんまるの赤き陽燃えてたちまち失せる

クールビズの季節が過ぎて改めて首締める布の不合理覚ゆ

入念に選びし柄のネクタイを締める人居て顔逸らし合う

眼鏡はずして

もう後へ引けぬ会議の危うさに眼鏡はずしてまず顔ぬぐう

会議では切り出せなかったひとことが浮かび来るたび唇をかむ

ふと口に出そうな弱音呑み込んで出来る男を演じていたり

「いわゆる」と「要するに」とが口癖の人多弁にて議事滞る

雨やまず長引く会議の七階の窓辺につがいの鳩が身を寄す

だらだらと続いて突如「まあそんなことで」の声で会議は果てる

ひとかどの作家のごときこだわりで夜更け議会の答弁つむぐ

予算めぐり質疑が過熱する議場　傍聴席に人影は無し

白熱の予算折衝するかなた湖面に浮かぶ白き帆の列

非難するはたまた身内の非を詫びる言葉はともに「遺憾の意」とは

地平はるかに

出発の遅き歌ゆえ若き日を過去形でしか追えぬ口惜しさ

雑務とて仕事なりとの割り切れも逃げ場のなきは無為の休日

空笑いその奥までは覗けない遠近両用眼鏡かけても

卒業より四十年を経てもなお答案書けぬ夢にうなさる

巷間に「びわ湖」と「びわこ」あふれたり　されど「琵琶湖」に我はこだわる

この地では〈触る、扱う〉ことの意の「なぶる」の漢字〈嬲る〉とぞ知る

一冊を買えば一冊手放すと妻に約して本屋を巡る

家中に散らばる本を新品のラックに並べ見入る日曜

また一つ年取りしこと嘆く我《あ》に生きいる証と妻が微笑む

逃げまどうゴキブリの背にいのち見て打ち下ろす手の揺らぐ立冬

古びたる住所録より恩師の名また一人消し賀状書き継ぐ

就職も結婚も子も五年ずつ遅れし友のああ早過ぎる訃

降りるべき駅乗り越せば坦々と地平はるかに落暉仄見ゆ

初出等一覧

Ⅰ　エッセイの部屋

1　仕事の中から

北米大陸六千キロ	昭和58年2月	「職員だより滋賀」第34号
「琵琶湖」と「びわ湖」	昭和59年3月	「All-around」第21号
県庁舎中庭の多目的スクエア化	昭和61年9月	「職員提案」応募提案
知事の怒り	平成5年10月	書き下ろし
JR草津線に「忍術鉄道」の愛称を	平成6年5月	「毎日郷土提言賞感想文の部」応募作
介助実習を体験して	平成15年7月	トップセミナーI研修レポート
自転車ツーキニストのつぶやき	平成16年6月	「チョコラネット」Vol.2

2　折々の記

カラオケの流行に思う	昭和59年6月	「職員だより滋賀」第41号所収作を改題
白髪と常識	昭和59年6月	書き下ろし
ステテコ礼賛	昭和59年9月	書き下ろし
『石の座席』を読んで	昭和59年11月	書き下ろし
異色のポスター	昭和60年2月	書き下ろし
雑煮異聞	平成2年3月	「職員だより滋賀」第57号
男だってプロポーション	平成3年9月	書き下ろし
スーパーの一角で	平成4年11月	書き下ろし

3　わが家族、わが地域

大学生になる娘へ　平成4年3月　書き下ろし
妻の入院　平成5年8月　第43回滋賀県文学祭入選作
自治会長の一年間　平成6年6月　書き下ろし
父の処女作　平成9年8月　第47回滋賀県文学祭入選作
私だけの理髪店　平成10年8月　第48回滋賀県文学祭入選作

4　郵趣の世界

私が切手少年だった頃　平成12年6～7月　日本郵趣協会近江東支部会報「びわ湖」第67・68号
鉄道切手の魅力　平成15年1月　「びわ湖」第97号所収作に加筆

5　囲碁に魅せられて

三段免状獲得記　昭和59年3月　書き下ろし
ヨミとヒラメキ　平成2年3月　県庁囲碁サークル会報「いしおと」第14号
宇宙流　平成3年3月　「いしおと」第15号
碁歴二十年　平成4年3月　「いしおと」第16号
佐伯先生を悼む　平成5年3月　「いしおと」第17号
ペア囲碁の楽しさ　平成6年4月　「いしおと」第18号
中国棋院訪問記　平成7年3月　「いしおと」第19号
陳祖徳九段の指導碁　平成7年3月　「いしおと」第19号
名解説品定め　平成8年3月　「いしおと」第20号
棋風考　平成17年3月　「いしおと」第30号
石楠花会二十周年記念祝賀会に寄せるメッセージ
平成15年11月　「琵琶湖ホテル」にて

生涯の宝物　～県庁囲碁サークル創設三十周年記念行事会長挨拶～
平成17年6月　「のぞみ荘」にて

6　京都新聞夕刊に執筆
第10回京滋男女ペア囲碁まつり自戦記　平成17年11月10～14日　京都新聞夕刊4回連載
第38回京滋職域・団体囲碁大会観戦記　平成18年6月3～7日　京都新聞夕刊4回連載
第11回京滋男女ペア囲碁まつり観戦記　平成18年11月14～17日　京都新聞夕刊4回連載

7　短歌を交えて
十一日間の入院日記　平成11年1月　書き下ろし
立命館との交流戦を詠む　平成20年2月　「いしおと」第32号

あとがき

今回、積年の念願がようやく叶って、齢六十にして初めてのエッセイ集であり歌集である本書を上梓できたことは、私にとって無上の喜びです。

〈スロー・アンド・ステディー〉は、私の人生を貫くモットーの一つであり、今日まで常にそのことを意識して歩んできました。ハイスピードでめまぐるしく変転する世であればこそ、一層この言葉の重みが増しており、これからも生きていく上での指針としつづけたいと思っています。

この小著の題名を『スロー・アンド・ステディー』としたのは、このような私の思いを込めるとともに、一念発起して以来長い歳月を経てようやく誕生させることができたという、本書の成り立ちからもふさわしいと考えてのことです。

Ⅰ　エッセイの部屋では、内容を考慮して七つの小部屋に分けました。五番目と六番目の小部屋は、いずれも囲碁に関するものですが、京都新聞夕刊に連載されたアマ囲碁の自戦記と観戦記は、唯一の日刊新聞への執筆原稿であり、別立てにさせてもらいました。また、七番目の小部屋は、短歌を交えたエッセイということで、これも独立させました。さしずめエッセイの部屋から短歌の部屋への渡り廊下と言っていいのかなと思っています。

Ⅱ 短歌の部屋（歌集『浅葱色の風』）には、平成十四年以降に詠んだ短歌の中から百十八首を自選し、いくつかの小見出しのもとに束ねて収録しました。このうち四十五首が朝日新聞の滋賀歌壇ほかの新聞歌壇で採歌されたもので、冒頭の歌がその記念すべき第一号です。

言い古された言葉ではありますが、私が今日あるのは、仕事においても暮らしにおいても、様々な時に様々な場面で多くの人々に支えていただいたおかげです。一々ここに記すことはできませんが、皆様のお顔を思い浮かべながら、「ありがとうございました」と心から感謝の意を表する次第です。

とりわけ、三十六年間連れ添ってきた妻の恵美子には、陰・日向なく常に私をサポートしてもらって、どんなに感謝してもしすぎるということはありません。その感謝の念を表す一つの形として、本書を捧げたいと思います。
最後になりましたが、本書の出版に当たっては、以前から懇意にさせていただいているサンライズ出版の岩根順子社長と担当していただいた矢島さんに大変お世話になりました。ここに厚く御礼申し上げます。

平成二十一年一月

秋山茂樹

秋山　茂樹（あきやま　しげき）

■略　歴

昭和23年11月、滋賀県長浜市に生まれる。長浜北高校、大阪大学法学部卒業。昭和46年４月、滋賀県庁に入庁し、総務課法規係に配属される。その後、いくつかの所属を経て、企画課総括企画員、政策調整室主席参事、環境政策課長、農政水産部環境監、県民文化生活部次長、総務部次長、監査委員事務局長を歴任し、平成21年３月末をもって定年退職。

趣味の分野では、滋賀県職員囲碁サークル会長、(財)日本郵趣協会近江支部副支部長を務める。

■著書等

・琵琶湖の富栄養化防止条例〔条例解説全集〕（昭和56年、(株)ぎょうせい）共著
・美しい湖を次代へ（昭和58年、(株)ぎょうせい）　編著
・湖沼水質保全条例［条例検討シリーズ４］（昭和59年、(有)北樹出版）共著
・わが青春のエチュード〔私家版〕（昭和63年、サンライズ印刷出版部）
・環境こだわり農業の展開を目指して（(株)昭和堂「農業と経済」2004年5月号）

スロー・アンド・ステディー

2009年4月10日　発行

著・発行／秋　山　茂　樹

〒520-2324 滋賀県野洲市近江富士２丁目12-8

発　　売／サンライズ出版(株)

〒522-0004 滋賀県彦根市鳥居本町655-1
TEL 0749-22-0627　FAX 0749-23-7720

Printed in Japan ISBN978-4-88325-383-8

印刷・製本 P-NET 信州
定価はカバーに表示しております。